画传

白金纪念版

师永刚
林博文
编著

宋美龄

1897

2003

作家出版社

# 图书在版编目（CIP）数据

宋美龄画传（纪念版）/ 师永刚，林博文编著． -- 北京：作家出版社，2019.1（2019.4重印）

ISBN 978-7-5063-9540-3

Ⅰ．①宋… Ⅱ．①师… ②林… Ⅲ．①宋美龄（1897-2003）- 传记 - 画册 Ⅳ．①K827=7

中国版本图书馆CIP数据核字（2018）第279920号

本书部分图文内容，经时报文化出版企业股份有限公司授权
图／董敏、苏宗显、许振辉、林博文、台湾文史工作室提供
本书图文经署名者特别授权，未经许可，严禁使用

## 宋美龄画传（纪念版）

作　　者：师永刚　林博文
责任编辑：韩　星　苏红雨
封面设计：杨林青
内文设计：合和工作室
设计制作：刘　璐
出版发行：作家出版社有限公司
社　　址：北京农展馆南里10号　　　邮　编：100125
电话传真：86-10-65067186（发行中心及邮购部）
　　　　　86-10-65004079（总编室）
E-mail:zuojia@zuojia.net.cn
http://www.zuojiachubanshe.com
印　　刷：河北画中画印刷科技有限公司
成品尺寸：170×230
字　　数：70千
印　　张：18.25
版　　次：2019年1月第1版
印　　次：2019年4月第2次印刷
ISBN 978-7-5063-9540-3
定　　价：59.00元

# 目录
CONTENTS

# 目录

C O N T E N T S

1982 年摄于台北士林官邸，85 岁。

1997 年摄于纽约曼哈顿寓所，欢度百岁大寿。

宋母倪太夫人。

宋美龄画作：春从笔底来。绢本，长77厘米，宽38厘米。

丙申九月
夫人於余生日
而作筆墨蒼
渾興趣勃發
故對久之不
覺煙霞由坐上
生也　中正

宋美龄画作：
不觉烟霞由坐上升也。宣纸本，
长100厘米，宽70厘米。

宋美龄画作：
藕花乡冷水风情。宣纸本，
长106厘米，宽40厘米。

昨日美蓉开色醉芳他
留影祝长年 壬寅秋 美龄

宋美龄画作：
为他留影祝长年。宣纸本，
长67厘米，宽37厘米。

宋美龄画作：狷兰在深谷。宣纸本，长72厘米，宽40厘米。

宋美龄画作：
归去春花正满堂。宣纸本，
长144厘米，宽49厘米。

宋美龄画作：山南山北雪晴，千里万里明月。宣纸本，长144厘米，宽80厘米。

宋美龄画作：
繁花片片含秋清。宣纸本，
长33厘米，宽76厘米。

# 前　言

　　宋美龄在时代的风云际会中令人瞩目，非仅凭恃其出众的才华和超卓的智能，更重要的是"妻以夫贵"的幸运。她是一个"不世出"的政治人物，具有多重性格和不同行事标准；她知道国家和民族的安危为重，却不忘祖护孔宋家族营私误国与外戚干政；她以爱心光照战争军人遗族与孤儿，自己亦乐享锦衣玉食和荣华富贵。

　　蒋宋的结合，是 20 世纪中外历史上最突出的一场政治婚姻，权力与财势的结盟，使蒋宋成了中华民国的化身，亦为西方人眼中的"风云伉俪"。若无宋美龄于 1943 年 2 月向美国国会发表掷地有声之演说以及奔波于东西两岸呼吁国际友人助华抗日，则中国军民奋力御侮的事迹殆将难为世人所知

悉。在争取外国道义支持与物资援助上竭尽所能，她十足发挥了第一流外交家的禀赋。19 世纪中叶以来，大批美国传教士到中国传教，向保守的中国人宣扬基督教义和西方价值观念。宋美龄则反其道而行，向好奇的美国人述说中国的内忧外患与孤立待援；她以流利的英语向美国国会、媒体和广大民众阐释古老的中国文化和饱受战乱的中国国情；她以动人的词藻强调美国是西方文化优秀质素的标杆，中国则为不朽的东方文明之象征，两国人民理应携手互助、抵御日本侵略，为维护本身的文化传统而战。

宋美龄是精英政治与豪门政治结合的丛体，这个丛体充斥着欧美留学生，且不乏一流大学的才具之士。他们投效于蒋介石政权，希冀做大官或做大事，然而，他们与中国民间社会脱节，不知民生疾苦，亦无法体察到时代的脉动。罗斯福夫人说，蒋夫人能够把民主政治的道理说得头头是道，但不知道如何在中国实施民主或不愿落实民主。

　　宋美龄的东方气质和西方谈吐，为男性政治带来了引人入胜的遐想。《时代周刊》指出，1943 年 2 月 18 日蒋夫人的演说使国会议员为之动容，其因不在演讲的用字遣词，而在于演讲者是个女人。她的手势、她的声音以及她眼中所闪烁的光芒，使众议员如醉如痴，被一个娇小的东方女性政治家所征服。英国布鲁克元帅认为宋美龄利用"性和政治"（sex and politics）以遂其目的，这些目的包含了中国的国家利益和蒋孔宋的家族利益。然而，宋美龄的"夫人政治"并未真正惠及中国妇女的政治权益与地位，她是一个活在聚光灯下的政治明星，她所关切的是权力与荣耀，而非女权的伸张与提高。

　　宋美龄的锋芒随着蒋介石的政治盈亏而浮沉。1949 年后，她在世界政治舞台上从主角变为配角终而退居为"小角色"。政治是现实的，也是讲究实力的，自二次大战的四巨头之一沦为"台湾岛上的政治难民"，蒋介石全力巩固其最后据点。蒋介石依旧是 20 世纪保守的强人政治样品。强人政治实际上是帝王思想的延续，其最显著的败笔在于视国家如私产，个人权力与国家前途混淆为一，他的传子做法，即是"万世一系"思想的建构化。

　　国民党政府的金权政治和政商关系，由孔宋家族打开了"潘朵拉的盒子"（Pandora's Box）。宋美龄的牧师父亲宋嘉树，弃教从商，长袖善舞而为沪上闻人，他以金钱资助孙中山革命，从而开创了宋氏姊妹与孙、蒋的联姻，以及仰仗权势谋利的贪腐文化。宋子文兄弟的公私不分、孔祥熙父子的巧取豪夺和宋霭龄、宋美龄姊妹的包庇纵容，活生生地勾勒出一幅孔宋误国的画面。

宋美龄的一生是近代中国的缩影，她不仅在历史的舞台上演戏，而且是"第一女主角"（prima donna）。但是，过早逝去的绚烂年代和漫长的人生之旅，却使世人遗忘了她的峥嵘岁月，毛妻江青和印度甘地夫人赫然名列《20世纪最重要的一百名妇女》而独漏蒋夫人，其情何以堪！

　　宋美龄是个光彩夺目的第一夫人，她有耀眼的特质，也有令人非议的作风；惟一秉诸"笔则笔、削则削"之史识和"不隐恶、不虚美"的史德，方能在历史天平上界定其地位。

查利宋，一个普通的学徒却生出了六个惊动天下的儿女

海南岛文昌县宋氏祖居。

1894 年，孙中山在宋家第一次见到了一岁多的宋庆龄，当时谁也没料到这个可爱的女婴竟会在 21 年后，不顾父母亲的强烈反对，奔赴日本嫁给大她 27 岁的"革命之父"。

宋庆龄嫁给了孙中山，宋美龄嫁给了蒋介石，她们的姐姐宋霭龄嫁给了孔祥熙。没有宋庆龄与孙中山的结合，也许就没有宋美龄与蒋介石的结合，也许就没有蒋、宋、孔、陈四大家族的结合；没有"四大家族"的结合，20 世纪中国的历史也许就会是另一种样子。

机缘始于更早的时候，始于宋氏三姐妹的父亲跟"革命先行者"孙中山的认识，始于她们的父亲跟徐光启的后裔倪桂珍的姻缘，始于她们父亲的美国之旅。

她们的父亲宋嘉树，一个长相酷似西印度洋群岛华裔与土著混血儿的矮个子年轻人，他是宋氏家族的缔造者。

宋氏家族对近代与现代中国的影响，由宋嘉树开其端，而由六个子女继其承。

原籍海南岛文昌县的宋嘉树（又名耀如），一生多彩多姿，他的身世背景、他的远渡重洋、他在上海十里洋场的发迹，都充满了传奇性。宋嘉树原姓原名为韩教准，他的父亲是韩鸿翼，夫人王氏，生有三男一女，教准为第二个儿子。由于家境困难，韩教准 9 岁时（1875 年）随哥哥（韩政准）到爪哇一个远房亲戚处当学徒，订了 3 年契约。1878 年年初，教准在爪哇遇到了一位姓宋的堂舅，这位堂舅原在美国加州当华工修筑铁路，后来跑到东岸波士顿

在波士顿和美国南方度过青年时代的查利宋（宋嘉树），长相酷似西印度华裔与土著混血儿。此人的精明与过人之处在于总能在关键时刻，把握住自身与家人的命运，并且影响到了国家与个人。这个生了三个了不起的女儿的父亲，是一位最成功的父亲。

开设一家专售中国丝茶的小店，他在海南岛探亲后返美途中经过爪哇。韩教准不等约期届满就跟着堂舅一起远渡"新大陆"。

　　韩教准到了波士顿之后，颇得堂舅的欢心，于是这位膝下犹虚的堂舅就把教准收为儿子，改姓宋，取名嘉树，又名高升。宋嘉树在丝茶店里打工当店员，当时被清政府选派赴美就读的幼童留学生，常从马州剑桥越过查尔斯河到波士顿宋嘉树的店铺里采购、聊天，在这批小留学生中，牛尚周和温秉忠与宋嘉树成了好朋友。牛尚周和温秉忠皆是中国第一位留美学生容闳向清廷建议派遣出国的幼童，江苏籍的牛尚周属于第一批（1872年）抵美，广东籍的温秉忠则属第二批（1873年）到达美国。牛、温常劝宋嘉树找机会到学校念书，增长知识，以便将来回国后谋个理想的工作。宋嘉树对他们的鼓励，牢记于心。日后，牛尚周、温秉忠和宋嘉树，都结成了连襟。

　　宋嘉树想要念书，不愿再当店员，他的堂舅兼养父却不准他上学，要他学会做买卖。上进心极强的宋嘉树终于出走了，他不甘心一辈子与丝茶货物为伍。他偷偷跑到波士顿港口一艘美国国税局缉私船"亚伯特·加拉廷"号上躲起来，39岁的挪威裔船长艾力克·加布尔森收容了他。不久，加布尔森被调至北卡罗来纳州温明顿的另一艘国税局缉私船"舒勒·柯法克斯"号，宋嘉树随后亦跟了去。

　　加布尔森的好友、内战退伍军人罗杰·穆尔是当地卫理公会的重要人物，负责男子读经班，他把宋嘉树介绍给李考德牧师。李考德突发奇想，打算将宋嘉树改造成一个医生传教士，使他在回到中国之后，既能行医、又能传教，

治病又救人，一举数得。在李考德牧师的劝诱下，宋嘉树终于同意皈依上帝，信奉基督。

　　1881年4月，穆尔上校和李考德牧师把宋嘉树送到北卡州三一学院（即杜克大学前身）进修，并致函南方首富兼杜克大学创办人之一的朱利安·卡尔，请求他负担宋嘉树的学费，卡尔一口答应。卡尔的义举非但彻底改变了宋嘉树的一生，亦在相当程度上改变了近代中国的走向。

　　宋嘉树在三一学院苦练英文，勤读《圣经》。一年后转学到田纳西州纳希维尔的范德比特大学神学院。宋嘉树在范德比特读了三年神学（1882～1885），在这三年内，他的智力逐渐成熟。宋嘉树于1885年5月毕业，他

**Charlie Jones Soong,** father of great Soong "dynasty," was educated in U.S., became Bible printer in China.

**Mme Charlie Soong,** is descendant of the first premier in Ming dynasty to introduce Catholicism in China.

**Ai-ling Soong,** T. V.'s sister, is the suave, shrewd wife of the wealthy Finance Minister, Dr. H. H. Kung.

**Dr. H. H. Kung** (LL.D. Oberlin) is one of the 75th descendants of Confucius and T.V.'s political rival.

**Ching-ling Soong** is childless widow of China's great, now almost-sainted liberator, Dr. Sun Yat-sen.

**Sun Yat-sen,** "China's Lenin," lies buried in a huge $3,000,000 mausoleum, above a mile of marble steps.

**T. V. Soong** was raised strictly by his Methodist father who sent him to be educated at Harvard College.

**Mme T. V. Soong** was Anna Chang, mission school belle. Elegant, social Mme Soong has three daughters.

**Mei-ling Soong,** youngest sister, graduated from Wellesley and married Generalissimo Chiang Kai-shek.

**Chiang Kai-shek,** a self-made man, divorced first wife to marry Mei-ling, with her help united all China.

09

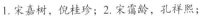
1. 宋嘉树，倪桂珍；2. 宋霭龄，孔祥熙；
3. 宋庆龄，孙中山；4. 宋子文，张乐怡；
5. 宋美龄，蒋介石。

想留在美国学医，卡尔也赞成，但教会不同意，范德比特大学校长马克谛耶主教也是上海美国南方卫理工会布道团负责人，他坚决反对宋嘉树学医，他要小宋尽快回到上海传教。

宋嘉树在上海与留美幼童牛尚周、温秉忠重逢了。牛尚周做了一件影响小宋一生的大事，即介绍浙江名媛、明代学者徐光启的后裔倪桂珍给宋嘉树。1887年夏天，22岁的宋嘉树与19岁的倪桂珍结婚，陪嫁的是一份丰厚的嫁妆以及娘家有头有脸的社会地位和十分良好的社会关系，这些都是宋嘉树在上海打拼时代所急需的后盾。没有宋嘉树的长袖善舞，就不会有宋家子女的出人头地；同样的道理，没有倪桂珍的"帮夫运"，宋嘉树也不可能飞黄腾达。

倪桂珍为宋嘉树带来了好运，结婚后第二年，宋即升为正式牧师。1890年宋嘉树停止巡回布道，成为上海郊区川沙地区传教士。同时，他也秘密加入反清组织三合会。宋嘉树颇为能干，头脑好、反应又快、观察力敏锐，他知道如何做一个好牧师，更清楚如何拓展地盘，他以神职工作为中心，开创了一个多元化事业。他为美国《圣经》协会当代理人，代售《圣经》及其他宗教书刊；他加入美华书馆，成为有经营权的股东；他大量翻印中文《圣经》，为林乐知的《万国公报》和一些宗教团体承印书籍，获取优厚佣金，并秘密印制反清文宣。美华书馆成为当时东亚最大的出版社之一。

宋嘉树一面传教，一面做生意，亦即一手捧《圣经》，一手握钞票。他担任上海福丰面粉厂经理，从海外进口机器，从而成为上海"第一个代办外国机器的商人"，也是第一批拥有重型机械的中国企业家之一。生意愈做愈大，

宋嘉树有钱了，生活环境大大改善了，他是个大忙人。做生意对他是个挑战，他热爱这种挑战，牧师工作已不再适合他，他更适合做买办。他向教会提出辞呈，他只要做一个虔诚、热心的基督徒，但不再担任牧师职务。

宋嘉树在宗教活动和企业经营上的成就，只是提升了他的社会地位，使他成为社会名流，真正使宋嘉树与时代潮流挂钩的乃是他和孙中山的关系。他于1892年在广州创设基督教青年会时，经由陆皓东介绍认识了孙中山。宋受到了孙中山所描绘的革命远景的启发，决定倾全力协助孙中山进行革命事业，但他不是下海搞革命，而是以做生意当掩护，以金钱资助革命。他的智慧和见识促使他愿意为孙中山的革命事业投入巨大的筹码。

宋家惟一的全家福。1917年夏，宋美龄自美国返国后摄于上海宋寓。前排：三子宋子安（1906年生）；二排左起：长女宋霭龄（1889年生）、长子宋子文（1894年生）、次女宋庆龄（1893年生）；后排左起：次子宋子良（1899年生）、父亲宋嘉树、母亲倪桂珍、三女宋美龄（1897年生）。

T. V. SOONG

T. A. SOONG

T. L. SOONG

宋家三兄弟：（由左至右）宋子文、宋子安、宋子良。

宋家三姐妹：（由左至右）宋庆龄、宋美龄、宋霭龄。

　　精力充沛的宋嘉树在上海滩的日子过得极为充实，做生意、教会活动和地下革命工作，使他忙得不亦乐乎。他和倪桂珍的家庭生活颇为美满，宋家17年内添了6个子女：长女霭龄（1889年生）、次女庆龄（1893年生）、长子子文（1894年生）、三女美龄（1897年生）、次子子良（1899年生）、三子子安（1906年生），这六个子女即是日后"宋家王朝"的基本成员。

宋嘉树在庆龄出生后不久，即在上海虹口郊区置产买地，大兴土木，盖了一座半中半西的大洋房，房子后面有一个很大的菜园。新宅坐落在远离市嚣的郊外，颇为宁静，常使宋嘉树回忆起当年在美国北卡州的日子。在美国八载，宋嘉树深受美国文化与教育的熏陶，他对中国教育是陌生的，也可以说是不信任的，他知道中国必将在西潮的东渐下逐步脱离旧社会和旧文化的阴影。他在中西文化交会的上海打天下，他的美国背景对他是一大助益。他的买办思想使他深深了解到"美国关系"的价值以及美国教育的实用，于是，他下定决心，他的6个子女都必须接受最好的美国教育、道地的美国教育。他决定送他的6个子女出洋留学美国，就像他当年在北卡州三一学院和田纳西州范德比特大学就读一样。因此，他的6个子女陆续到美国念书，每个子女在美式教育的培养下，思想、生活、处世和待人接物都变得相当美国化，英语成为宋家的第一语言，上海话居次，虽然他们的祖籍是海南岛，却没有人会说广东话和海南岛话。

1911年10月10日，革命党人在武昌起义，辛亥革命成功，"革命的先行者"孙中山却未能在中国的土地上躬逢其盛。放逐在外的孙中山此时正好在美国科罗拉多州的丹佛市，他是从美国的报纸上看到辛亥革命成功的消息，但他并未急着回国，而是先到英国经欧洲于12月25日回到睽违十六载的祖国。孙一抵上海即受到热烈欢迎，并被十七省代表会议推举为中华民国第一任临时大总统。

1912年元旦，孙中山从上海到南京宣誓就职，宋嘉树一家亦同往。典礼上，宋家四人均坐在前排，显示了宋家与孙中山的亲密关系。孙中山就任大总统后，1910年即自美留学回来的宋霭龄在父亲的举荐下，担任孙中山的英文秘书，她精明心细，孙中山对她十分赞赏。

宋庆龄私奔日本，与孙中山在一片反对声中完婚

1924 年 12 月 4 日，形容憔悴、身体违和的孙中山，偕宋庆龄合影于天津日轮"北岭丸"甲板。三个多月后孙中山在北京病逝。

宋庆龄从美国毕业后，于1913年8月29日抵达横滨，第二天就由父亲和姐姐陪着去拜访孙中山，这是宋庆龄长大成人后首次会晤她所仰慕的革命家。19年前，庆龄还在襁褓中时"见过"孙中山，她当然完全记不起来孙的模样。庆龄见到孙中山，极为兴奋。她也加入了父亲与姐姐的行列，协助孙中山处理英文信件。1914年9月宋霭龄回上海与孔祥熙结婚，宋庆龄接替姐姐，做了孙中山的秘书。

　　孙是革命家，也风流多情，年岁的差距显然无法阻止两个人急速成长的爱苗，即使孙已有妻室、情人和三个子女。以《西行漫记》闻名的美国记者斯诺曾在30年代问宋是如何爱上孙先生的。她答道："我当时并不是爱上他，而是出于敬仰。我偷跑出去协助他工作，是发自少女浪漫的念头——但这是一个好念头。"宋庆龄一连写了好几封信给仍在美国求学的妹妹宋美龄，信中热情地述说她为孙中山工作的愉快与期待。1915年6月，宋庆龄特地为她和孙中山的婚事返回上海征求父母的同意，宋家上下像遭遇大地震。宋嘉树夫妇更是震怒惊骇，破口大骂孙中山，宋母泪眼婆娑地劝导庆龄说：孙已有妻室，儿子孙科比她还大，两人年纪相差悬殊。意志坚定的庆龄始终不为所动，父亲决定将庆龄软禁在家。

　　孙中山的友人亦纷纷表示异议，称他与年龄相差如同父女的宋庆龄结婚，"会折寿的"。孙却道："不，如能与她结婚，即使第二天死去亦不后悔。"1915年6月，孙中山将原配从澳门接到日本办理离婚手续。10月的一个夜晚，宋庆龄在女佣的帮助下，爬窗逃走，私奔到日本。10月24日中午，孙到东京车

站迎接她，第二天上午即在日本律师和田家中办理结婚手续，孙49岁，宋22岁。当天下午在日本友人庄吉家举办婚礼，到场致贺的中国人只有少数几人。孙的革命伙伴胡汉民劝他悬崖勒马，孙拒和他们谈"私事"。

　　宋嘉树在女儿离家出走后，立即与妻子搭船追至日本拦阻，然生米已成熟饭。宋庆龄向斯诺回忆说："我父亲到了日本，对孙博士大骂一顿，我父亲想要解除婚约，理由是我尚未成年，又未征得双亲同意，但他未能如愿，于是就和孙博士绝交，并与我脱离父女关系。"庄吉女儿的回忆，宋嘉树站在大门口，气势汹汹地吼道："我要见抢走我女儿的总理！"庄吉夫妇很担心出事，打算出去劝宋嘉树。孙中山向他们说，这是他的事情，不让他们出去。

孙走到门口台阶上对宋嘉树说道："请问，找我有什么事？"暴怒的宋嘉树突然叭的一声跪在地上说："我的不懂规矩的女儿，就托付给你了，请千万多关照。"然后磕了三个头就走了。

宋庆龄到了晚年提及当初违抗父命与孙结婚，说："我爱父亲，也爱孙文，今天想起来还难过，心中十分沉痛。"宋氏夫妇阻婚未成后，仍送了一套古家具和百子绸缎，给宋庆龄做嫁妆。这也许是天下父母心的投射。

从世俗的眼光来看，孙宋婚姻也许大逆不道，宋家和孙中山的革命伙伴终究还是谅解了他们。政治情势、政治利益和既成事实，都迫使持异议的人不得不接受这场划时代的婚姻。曾为宋家姐妹作传的美国作家露比亦认为："宋嘉树当了自己老朋友和同辈人的岳父而感到难堪，但他还是孙中山的老朋友，在政治上继续和他共事。"

宋嘉树于 1918 年 5 月 3 日因胃癌去世，终年 52 岁；13 年后，夫人倪桂珍亦因癌症病逝。1932 年 8 月，宋家子女合葬父母亲于上海万国公墓内的宋家墓园。

"名门闺秀"倪桂珍的相貌和气质遗传给了她的三个女儿，"三姊妹"继承了母亲的美貌，也承享了父亲的财富。

宋嘉树开创了宋家王朝，孙中山与宋庆龄的联姻则为这个朝代添加了耀世的政治光环。美国《内幕》杂志专栏作家约翰·根室曾经说，宋庆龄"无疑是宋家最重要的人物，因宋家的一切势力皆是经她发展扩大，如她未和革命之父结婚，其余的姊妹和弟弟就不会有今天"。

宋美龄的青春时代，只有面孔跟东方沾上边

幼年时代的宋美龄是个小胖妹。

下：刚进入韦思礼女子学院就读的宋美龄，还保有一点少女的圆润，她个性早熟、古灵精怪，却也热情活泼，赢得同学与师长的喜爱。

上：1910年5月。13岁时的宋美龄丑小鸭的时代。宋显得又胖又矮，但内在的不同却早已显现出来。

1913年宋美龄和卫斯理安同学合影，一位二年级学生牵着她的手。同年，宋美龄转学至马州韦思礼女子学院。

　　多年以后，宋美龄仍然津津乐道她在皮得蒙学校的愉快日子。她说："那时候我才11岁，太小，还不能上大学，而我又喜欢这个村庄，并在当地小女孩中找到了玩伴，姐姐（庆龄）就决定把我交给大姐同学的母亲莫斯太太，请她照顾我。"圣诞节前几天，美龄和三个小朋友决定每人省下二角五分钱，凑成一块钱买东西送给住在铁路旁的穷人家的孩子。她们在经常光顾的一家杂货店认真讨论要买些什么礼物，美龄坚持买糖，有人主张买马铃薯，杂货店的老板微笑着听她们激辩，最后几个小女生决定买糖也买马铃薯，每样东西老板多给了一点。她们吃力地提着大包小包越过铁路栅栏到了一座破旧的小木头房子。她们走进去看见一位衣衫褴褛、愁容满面的母亲，她的小孩紧紧地抓住她的手，从裙子后面探头偷看。几个小女生被这情景吓坏了，谁也

宋庆龄和宋美龄姊妹在乔治亚州卫斯理安学院肄业时，宋子文偕友人竺可桢（后曾任浙江大学校长）去探望她们。图为（自左至右）宋子文、宋庆龄、竺可桢之女友、竺可桢、宋美龄。

说不出话来。她们把带来的礼物往地上一扔，立刻冲出去，没命地跑，跑了好一段路之后，才有人鼓起勇气大声叫道："圣诞快乐！"美龄说她一辈子不会忘记这件事。

宋美龄在乔治亚州狄摩瑞斯的皮得蒙学校只待了短短9个月，这短短9个月的时间却奠定了她"美国化"的基础。

继两个姐姐之后。宋美龄也进了卫斯理安学院。由于年纪小，只有12岁，按卫斯理安的老规矩，连当"特别生"的资格也没有，幸好老校长桂利法官已退休，新校长安斯渥斯主教对美龄特别通融，格外照顾。

1912年，宋美龄正式注册为卫斯理安学院大一新生，选读英国文学、哲学、法学等课，那年美龄15岁。第二年，美龄即北上马州，转学到韦思礼学院。

　　在美国留学期间的宋庆龄（右）、宋美龄（左）与宋子文（中）。庆龄完成学业离开美国之后，美龄在美国惟一的亲人就只剩下子文了，他们两人之间建立了一条真正的纽带，美龄听他的话，视他为兄长，并总是希望得到他的教诲。

1917年宋美龄大学毕业时，
着学士服与韦思礼 T.Z.E. 姊妹会
会友合影。右边最后一排箭头所
指即宋美龄。

宋氏姊妹的形象与这张
照片密切地联结在一起，然
而留影时霭龄（左）、庆龄
（中）不过是二十出头的少
妇，美龄（右）也不过是个
18 岁的少女，红颜青丝如何
能预见满头华发时世人给她
们的功过评量？

离开卫斯理安的原因是，二姐庆龄毕业后返回中国去了，没有细心的姐姐做伴总觉太过寂寞；子文哥哥在哈佛大学二年级肄业，哈佛在剑桥，离韦思礼不远，可以就近照顾她。而在剑桥、波士顿一带有不少中国留学生，假期可以多认识一些来自祖国的留学生，更可接触与南方截然不同的东北部新英格

兰文化。

宋美龄于1913年秋天进入韦思礼学院，1917年夏季毕业。在入学申请书上，宋子文是她的监护人。

宋美龄在韦思礼度过了知识丰收的4年，她在思想上、举止上和谈吐上的"全盘西化"，使她的美国同学几乎把她当成"正宗美国人"，她也以此而自豪。一位好奇的同学有一次鼓起勇气，睁着大眼睛问她："美龄，你真的是中国人吗？啊，你说的是道地的美国话啊！"美龄笑着回答说，她惟一跟中国沾上边的就是她的脸孔，美龄后来也在不同场合说过类似的话，其中被引述最多的是："我惟一跟东方沾上边的就是我的脸孔。"在绿草如茵的

上：宋美龄与宋庆龄在上海家中合影。这时庆龄已贵为总理夫人，姿容庄严从容，宋美龄刚习惯了中国服饰，蓬松的卷发额前梳点时髦的刘海，脸上还是一派的古灵精怪。

左：学成归国后，宋庆龄（坐者）与宋美龄合影于上海。

韦思礼校园里，美龄有时穿着一件亮丽的中国绸缎上衣，只有这个时候，才能在学生群中认出她是个东方人。尽管美龄言行十足像个美国人或土生的华裔美国人，但她流露出来的东方气质，使她在校园中显得特别出众。

1917年6月，宋美龄自韦思礼毕业，毕业前不久，庆龄从广州写封信给霭龄："想想看，小美龄今年6月要毕业，7月就回国了。时间过得多快呀！她是个讨人喜欢的小姑娘，她的大学生活过得多么惬意！"子文亦在同年返回上海，宋家好不容易团聚了。1917年7月初的一天，宋家在上海霞飞路491号拍了一张难得一见的全家福大团圆照片，这张照片成为宋家惟一传世的全家合照。

"恋恋终不能忘"，蒋介石猛追宋美龄

蒋介石早年照。

宋美龄造像。这是她摄于上海寓所的标准像。那时的宋美龄以过人的聪明与西人的做派，在十里洋场上成为风云人物，同时也引起了当时的蒋介石的关注与暗恋。

　　1917年夏天，宋美龄回到了睽违十载的上海。古人说"士别三日，刮目相看"，宋家三小姐的成长和变化，当然不止是令人"刮目相看"而已。她是个聪明透顶的人，知道自己缺少什么、需要什么，她请了一位老学究到家里来教她中国古典文史知识，并很快地磨利了已生锈的上海话。她是个喝过洋墨水的现代女性，不可能待在家里孵豆芽。她的能力很强，一身兼数职，在上海基督教女青年会从事社会服务工作，在全国电影审查会担任审查员，又获上海租界工部局之邀出任童工委员会第一任中国妇女委员。她虽忙碌，但更爱社交，通宵达旦的派对对她来说是件常事。她社交的对象是高级中国人和西方人，据说从她回国到和蒋介石定情的10年中，有不少中年男士追

1926年5月，蒋介石和第二任妻子陈洁如合影于黄埔军校。蒋介石和陈洁如1921年12月5日在上海永安大楼大东旅馆结婚。

求她、向她求婚，都被她打了回票。

　　1922年12月初的一个晚上，宋子文在上海莫礼哀路孙中山家里举办社区基督教晚会，宋美龄首次见到了蒋介石。宋美龄的美丽、大方、出众的谈吐和绰约风姿，给蒋介石留下了极为深刻的印象，蒋当即决定对这位美国学成归来的"新女性"展开攻势。同年年底，蒋介石应孙中山之约前往广州时，央求孙介绍其妻妹给他，并称他已和元配毛福梅（即蒋经国的生母）离异、与侍妾姚冶诚断绝关系，但并未提及他才新婚一年的陈洁如。孙中山答复蒋说，他将和妻子宋庆龄商量此事。庆龄的反应颇为激烈，坚决反对，她对蒋的印象极不好，据说庆龄甚至说过宁可看到美龄死也不愿看到她嫁给蒋介石

之类的话。

　　1927 年，北伐军势如破竹，蒋的政治与军事成就跃升至其人生旅途上的
第一个高峰。同年 4 月底、5 月初之间，蒋在上海西摩路宋宅再次和美龄相会，
当然不忘"时申前请"。为了蒋介石向三小姐求婚事，宋家曾召开家庭会议，
热烈讨论美龄该不该嫁给蒋总司令。宋母倪太夫人颇不赞成这桩婚事，她的
理由是蒋不信耶稣基督，且结过婚；宋家另两个反对派是庆龄和子文，他们
认为蒋日后的成败犹在未定之天，不一定能为美龄带来幸福。事实上，庆龄
和子文的内心深处对蒋一直怀有贬意，并不很尊重这位拿枪杆子的人。不过，
孔夫人宋霭龄则积极推动婚事，她力排众议，坚信蒋的前途不可限量。宋大

1925年，黄埔军校举行阅兵典礼，宋美龄随同蒋介石身旁观席。彼时宋美龄还没有与蒋结婚，但蒋已对其"恋恋不能忘"。其时蒋的政治与军事成就跃升至其人生旅途上的第一个高峰。蒋就任黄埔军校后，更对宋展开了各种攻势，这是宋作为蒋的客人陪同参观的一次校阅活动，据说平生就对政治感兴趣的宋，通过类似的机会，对蒋有了新的认识。两人的关系已成为各界关注的一个话题。

小姐是个极精明干练的人，她知道蒋有多少斤两，她已预知蒋的前景，蒋成功之日，即是宋家扬眉之时。

宋子文对婚事的反对，却招来了"威逼"与"利诱"。蒋介石周围的朋友和亲信，包括青帮成员在内，警告宋大少爷如坚持反对，他将无法在上海混下去，亦不可能在官场上扶摇直上。经过一个多月的长考，宋子文终于被软化了，他获得了出任财政部长和掌管财经大权的保证。子文不仅同意婚事，且答应协助大姐霭龄和大姐夫孔祥熙一起说服母亲。

正当蒋介石"堕入情网"，向宋美龄发动情书攻势之际，他自己的权力生涯发生了大变化，并促成他个人政治史上的第一次"下野"。

蒋介石"猛追"宋美龄期间（1926年），两人合影于上海孔祥熙寓所庭院。

　　蒋介石是个绝不轻易气馁的人，他在官场上虽暂时失意，但在情场上却大为得意。蒋在溪口雪窦寺"隐居"，人在庙里，心却在上海十里洋场。他不停地写情书给宋美龄，1927年10月19日天津《益世报》曾公布了其中一封情书：

　　余今无意政治活动，惟念生平倾慕之人，厥惟女士。前在粤时，曾使人向令兄姊处示意，均未得要领，当时或因政治关系，顾余今退而为山野之人矣，举世所弃万念灰绝，囊日之百封战疆，叱咤自喜，迄今思之，所谓功业宛如幻梦。独对女士才华容德，恋恋终不能忘，但不知此举世所抛之下野武人，女士视之，谓如何耳？

1926年蒋介石到上海孔祥熙寓所做客，与宋美龄谈心，孔夫人宋霭龄全力撮合他们的婚事。宋美龄手持一份介绍蒋介石的《伦敦新闻画报》，偕外甥孔令杰与蒋介石合影于孔宅庭院。

蒋宋联姻的情势抵定之后，全家人又凑在一起拍了张全家福，只是这张照片里再也不见宋庆龄的踪影，此时她已经踏上前往莫斯科的流亡之路了。前排：宋霭龄（右一）、倪桂珍（右二）、宋美龄（右三）；后排：宋子安（右一）、孔祥熙（右二）、蒋介石（右三）、宋子良（右四）。

　　1927年9月16日，宋霭龄在上海西摩路宋宅举行中外记者会，正式向各界公开介绍蒋总司令和宋美龄，霭龄在记者会中宣布蒋总司令将和其小妹结婚。这个消息惊动了沪上和中国的军政界，也震动了海内外。《纽约时报》发布了蒋介石与孙夫人的妹妹结婚的消息，并称一位英国裁缝正在替蒋介石赶制礼服。

蒋介石、宋美龄婚礼照。

1927年12月1日，蒋介石、宋美龄正式在上海结婚，新郎实岁四十，新娘三十。当天，上海《申报》刊登了两则启事，一是蒋宋联姻，一是蒋介石的离婚声明，声明称："毛氏发妻，早经仳离；姚陈二妾，本无契约。"

　　宋美龄与蒋介石的婚礼花费甚巨，实可谓20世纪第一场也是绝无仅有的世纪婚礼，它联系起金钱、政治与权力，当然，还有爱情。

蒋介石、宋美龄婚后合影。

蒋介石和宋美龄婚姻近半个世纪，情投意合，也偶有争吵。每逢夫妻争执，宋美龄必定"出走"，避风港是大姐宋霭龄家。

结婚那天，蒋介石在报上发表《我们的今日》，他说："我今天和最敬爱的宋女士结婚，是有生以来最光荣、最愉快的事，我们结婚以后，革命事业必定更有进步，从今可以安心担当革命之大任……我们的结婚，可以给中国旧社会以影响，同时又给新社会以贡献。"

婚后与丈夫移居南京的宋美龄，这个时期在政治中所扮演的角色虽然较为潜沉，却是蒋介石最重要的精神支柱和得力助手。

宋美龄设计1933年的中国"新生活运动"
喝白开水、信教、提倡女权

美国画家笔下30年代的宋美龄。

　　20世纪30年代，蒋介石和宋美龄联手发动"新生活运动"，试图改造中国国民之习性。批评者认为"新生活运动"是一场虚有其表的"政治秀"。这是蒋宋结婚6年后，首次投入的一场大规模运动，宋美龄在运动的推行与宣传上扮演了火车头的角色，推行"新生活运动"使她忙得不可开交，但也满足了她的成就感。

　　宋美龄和蒋介石结婚6年之后，首次投入的一场大规模运动，即旨在改造社会道德与国民精神的"新生活运动"。国民党于30年代所推出的这场"精神方面的重大战争"（蒋介石语），也是该党建党以来所从事的一次最大规模之文宣工作。宋美龄在运动的推行和宣传上扮演了"火车头"的重要角色。

　　"新生活运动"的源起，说法不一，有些人认为是蒋介石为贯彻"七分政治、三分军事"的理念，乃推动"新生活运动"。有的则说蒋氏夫妇决心铲除贪污、受贿、不卫生和无礼貌，因而发起了"新生活运动"。也有人说宋美龄乃是"新生活运动"的源头活水。1933年盛夏，宋美龄在庐山牯岭避暑时，与一批美国传教士讨论中国情势。传教士说，南京政府如欲获得外国

　　1931年1月4日，夫妻俩在南京合影。结婚的头几年，虽然他们已经开始成为亲密的伴侣，但似乎还是少了一点岁月染上的温暖色彩。至少他们就不是很有默契，要拍照了，蒋往左边看去，想要摆出一副沉思的样子，美龄却看着镜头，脸上带着怪里怪气的微笑。

政府的支持和贷款，则蒋介石政府必须在国内实施社会福利计划，使外国政府和旅华外国人对蒋政权有好印象。传教士又说，美国罗斯福总统正推行"新政"，蒋介石何妨也实施改造中国社会福利方面的"新政"。聪明的宋美龄马上领悟到传教士所说的重点，立即向蒋报告，蒋迅速同意其观点。宋即和传教士研究拟定了中国"新政"的细节，她为这项计划取名为"新生活运动"。

　　1934年2月19日，蒋介石在南昌行营举行的扩大总理纪念周上，发表"'新生活运动'之要义"演讲，宣布"新生活运动"开始。随着蒋介石的宣布，"新生活运动"促进会于南昌成立，蒋自任会长，7月1日改组为"'新生活运动'促进总会"，宋美龄则为妇女委员会指导长，并成为"新生活运动"的实际

The Red Eighth Route Army harries the invader by guerrilla fighting throughout Shansi and Southern Hopei, and a "People's Self-Defense Army" of 50,000 mobile guerrilla units operates in central Hopei. By day a Chinese peasant, brown as the earth he tills, may placidly hoe his rows; by night he may be part of a guerrilla band that is chivying Japanese sentries; next day, when the Japanese start reprisals, he will be back on his acre, his gun and soldier's kit buried, a blank look on his face.

Peasants have other means of resistance. Unless it is tendered on the point of a bayonet, a Japanese yen-backed note from the new Japanese-dominated North China Federal Reserve Bank is not honored at face value. Last spring in the Japanese-occupied areas of North China, the Chinese mysteriously forgot to plant their usual cotton crop. Unless the Japanese can debauch the Chinese in captured sectors with opium, as they are trying to do, this sort of passive resistance might go on for decades.

**The Money War.** For years Chinese patriots denounced the "treaty ports" and the international settlement where foreign devils maintained their own "extra-territorial" courts and police power. But today were it not for these international areas the Chinese would not be able to carry on as well as they do against the Japanese. The political capital of Chiang's Government is now far-off Chungking but

bourses where Japanese currency is bought and sold at a discount. This is not only an economic disadvantage but a loss of face. But even if the Japanese are able to clear the money-changers out of Tientsin, there remain Shanghai and the illegal black bourses in Tsingtao and other Chinese cities in which there are no foreign concessions or settlements. And if Shanghai were seized the legal bourse could move to British-owned Hong Kong.

Some months ago the U. S. lent $25,-000,000 to the Chinese Universal Trading Corp. to finance Chinese purchases in the U. S. Shortly afterward, Great Britain lent $25,000,000 to the Chinese to stabilize the Chinese dollar. With the Chinese treasury thus bolstered, the Japanese yen, whose value has been depreciated in the occupied areas for some time, actually sank below the value of the Chinese dollar. Moreover, the Japanese cannot get needed foreign exchange from China with which to buy planes, oil and scrap iron so long as deals on China's coastal soil are cleared through western treaty port banks.

**Great Trek.** With the fall last autumn of Hankow and Canton, the two ends of Chiang Kai-shek's railway supply line, the Chinese lost the route by which they were accustomed to receive munitions from British Hong Kong. This terrific blow caused western wiseacres to proclaim that Japan had won the war. But the capture of the Canton-Hankow railway terminals

52,000,000 people produce four harvests a year. Rice, wheat, barley, millet, tobacco,

Wide World
MADAME CHIANG KAI-SHEK*
*China picked up its factories and walked.*

sugar cane, corn, beans and cotton make up its harvests. Neighboring Yunnan has tin, copper, iron and coal, and ,its mulberry leaves are juicy enough to nourish a great silk industry. Kweichow is up-tilted country, good for cattle raising and orchards.

This wealth cannot make up for the loss of the industrialized China coast. Nor can enough war material reach China by difficult caravan routes across the great deserts from Soviet Asia. But under stress the newly nationalist Chinese have done what no other people have ever done: they have picked up their factories—as a Biblical character once picked up his bed—and walked. Industrial equipment valued at $100,000,000 Chinese (U. S. $3,448,275) was removed from Shanghai in the early days of the war. That was only a beginning of a great industrial and cultural migration.

Aside from war and politics, this movement—which at one stroke transplanted factories, colleges and Government to the heart of a primitive continent, may be a milestone in the history of Asiatic civilization. The migration was in the hands of the Minister of National Economy, Dr. Oong Wen-hao, a geologist and mining engineer who once studied at Louvain in Belgium. According to John Gunther, Dr. . . . . . .

International

美国报纸报道中国的消息。右图为宋美龄在第29届国际三八妇女节上演说，大声疾呼妇女应该踊跃投身"新生活运动"。左一为孔祥熙，左二为宋子文。

推动者和倡导人。"新生活运动"是要改造全民的生活，而妇女是家庭的中心，宋美龄乃大力鼓吹妇女为改造家庭生活的原动力，她向全国女性呼吁："知识较高的妇女，应当去指导她们的邻舍，如何管教儿女，如何处理家务，并教导四周的妇女读书识字。"但她也承认："中国的妇女，非但多数没有受教育的机会，而且大半还仍过着数百年前的陈旧生活。"

　　"新生活运动"开始后，宋美龄把这件事当成了自己从政的一个重要目标，倾注了巨大的政治热情。她甚至不惜身体力行，动员姐姐们一起举办一些秀场活动。这是三姐妹在重庆街头举办的一场时装秀。重庆居民好奇地观看头戴大礼帽表现"新生活运动"时装的宋家姐妹，据称这是重庆的首场时装表演，而领衔者为中国第一夫人与两位在中国政界举足轻重的女性。自左至右分别为宋霭龄、宋美龄、宋庆龄。

　　宋美龄推行"新生活运动"（当时简称为"新运"）是不遗余力的，开会、撰文、宣传、演讲、督导和接受国内外媒体访问，忙得不可开交，但也满足了她的成就感。事实上，"新生活运动"的一个重要组成部分，乃是美国基督教会的参与，但为了显示这是一项"纯中国人的运动"，教会的色彩也就被刻意冲淡。

蒋介石和宋美龄推动"新生活运动",受到基督教会的支持,但是也引起教会内部的分歧。基督教青年会成为"新生活运动"的一大主力。这是夫妇俩的"新生活运动"秀,一个是中国典型的绅士打扮,另一个则是当时的中国妇女样板。

　　抗战爆发后,"新生活运动"很自然地演变为战地服务、伤兵慰问、难民救济、保育童婴、空袭救难、征募物品和捐款等等与战时支援有关的活动。雷厉风行推动的"新生活运动",经过3年多的时间已呈后力不继之势。

宋美龄使蒋介石对基督教更为虔诚，并勤读《圣经》。

# TIME
## The Weekly Newsmagazine

*International*

**PRESIDENT OF CHINA & WIFE**
*He threatened to Whampoa Japan.*

Volume XVIII　　　　　　　　　　　Number 17

美国《时代周刊》曾经三次以宋美龄为封面人物，其中两次与蒋介石同列。图为1931年10月26日出版的《时代周刊》，这是宋美龄首次出现于《时代》封面。

　　过度宣传最容易导致形式主义的出现，"新生活运动"期间所产生的许多笑话和虚伪作假的乡愿风气，成为"新生活运动"的最大败笔。一向同情宋家姊妹的美国作家项美丽说，"新生活运动"后来变成了全国性的一场不大不小的笑话。中国近代外交家顾维钧的第三任妻子黄蕙兰在其回忆录中说，中国驻外人员常有外遇而导致婚变，故在抗战前外交界即戏称"新生活运动"（New Life Movement）为"新妻子运动"（New Wife Movement）。

蒋介石于 1935 年 10 月 31 日庆祝 50 岁生日，由文胆陈布雷捉刀发表《报国与思亲——五十生日感言》，并以宝剑切生日蛋糕。

冯玉祥将军批评说："这十几年来，年年到了新生活纪念日都要开会的，有好多次找我去讲话。其实，新生活是说着骗人的，比如新生活不准打牌，但只有听见说蒋介石来了，才把麻将牌收到抽屉里，表示出一种很守规矩的样子；听见说蒋介石走了，马上就打起麻将来，24 圈卫生麻将的、推牌九的、押宝的也都是这个样子。又如新生活不准大吃大喝，普通人吃一桌饭只花 8 块钱，蒋介石左右的大官吃一桌饭约 60 元，总是燕窝席、鱼翅席。不但大

1937 年 2 月 27 日出版的美国《文学文摘》杂志以"年轻的中国推行新生活运动"为封面故事。

蒋介石、宋美龄于 1935 年在庐山牯岭别墅休闲。庐山上的这座孤独的欧式别墅，也成为了宋的"美庐"。蒋宋有好几个夏天在这儿度过他们生命中较舒适的日子。西方观察家曾经在看到这张照片时，认为蒋在婚后"更趋成熟"。

庐山"美庐"是蒋宋所钟情的避暑胜地之一。1992 年 8 月中旬，江西九江市在香港举行招商引资活动，宣布要拍卖庐山 21 栋名人别墅的使用权，震惊了海内外，也牵动了蒋纬国和宋美龄的缱绻情愫，77 岁高龄的蒋纬国飞到美国面见宋美龄，宋美龄感叹说："你父亲临终时反复交代要落叶归根，回大陆安葬，或者奉化，或者南京，或者庐山……"当年蒋宋新婚后，每年夏天双双都要到庐山避暑，那里的良辰美景给他们留下了青春的回忆。1930 年英国医生巴蕾女士将自己在庐山牯岭河东路建造的一座别墅送给了当时的第一夫人宋美龄，蒋宋更是由衷喜爱，命名"美庐"，甚至后来成了他们每年夏天都要逗留的地方。蒋纬国激动地向母亲诉说这次"拍卖事宜"，说"那广告词说'蒋介石丢掉的，毛泽东得到的，现在全卖给你们'！"问母亲是否派人回大陆参加竞买，宋美龄一度都很犹豫。正在这时，九江市政府作出决策，尽管行情看好，但美庐别墅不列为拍卖范围，也在庐山给母子二人留下了几许深深的期盼。

1941 年 2 月 19 日，"新生活运动"七周年纪念，蒋氏夫妇一起参与了妇女工作比赛的开幕活动，蒋介石对于战时妻子所从事的妇女工作一向是非常支持的。

中午，宋美龄和与会的民众一起用便饭，新运强调吃饭最好是四菜一汤，桌上的盘子数好像超过了这个数量，但是地位高贵的蒋夫人如此亲民地和民众用便饭，加点小菜应该无伤大雅。

当天晚上在夫子池，蒋氏夫妇针对新运七周年发表了广播，并和工作人员聚餐，他们用餐盘分菜，果然有新运推行的卫生观念。

官是这样奢侈，大官的女人、奴才也是这样。……这些违反所谓新生活的故事，若是发生在离蒋介石远的小官身上，蒋介石也可以装不知道，而这些事都是发生在离蒋介石很近的文武大官身上，这还能装不知道吗？"冯玉祥又说："……那些书的名字，什么新生活与军事、新生活与政治、新生活与这个与那个，几十个名堂，事实证明是什么？政治是腐败的，军事是无能到极点，经济是贪污到极点，文化是摧毁到极点。实行新生活会有这个样子？"

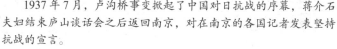

　　1937年7月，卢沟桥事变掀起了中国对日抗战的序幕，蒋介石夫妇结束庐山谈话会之后返回南京，对在南京的各国记者发表坚持抗战的宣言。

　　宋美龄把推广"新生活运动"当作其政治事业来看待，试图使国人在生活习惯和精神上"脱胎换骨"，不要让西方人"看不起我们"，并借此让国人知道蒋夫人关心大家，其出发点不能说不正确，其用意不可谓不好，但是，这场运动的背景是数千年来根深蒂固的生活习惯和贫穷的广土众民，再加上推行的方法不得当，宋美龄领导的这场运动就像许多运动一样，很快地走进历史而成为明日黄花。

记者会结束之后，蒋氏夫妇与各国记者留影。事不关己，外国记者还能谈笑自若，蒋介石抓着帽子讪讪地伫立着，对将要降临到中国的巨大灾厄感到茫然失措。

"中国空军之母"
陈纳德"永远的公主"

抗战时期悬挂于重庆的蒋氏夫妇巨像。

即便在战乱时也不忘整洁与仪容，原本是美丽女人的天性，但是落入了道德标准高于常人的轶闻作家眼里，就成了奢华与没吃苦的同义词了。虽然以宋美龄的家世，一定戴得起昂贵的珠宝首饰，她鲜少使用这些奢侈品，一顶阔边的大草帽就是她四处巡行的必备行头。

　　宋美龄是个会晕机的人，但她完全了解中国若要整军经武，第一步即必须拥有够水准的空军以保护领空。国府空军创建于 1932 年，当时飞机少、人才荒，亦无实战经验。1934 年秋天蒋氏夫妇的西北与华北之行、与共产党军队的作战以及 1936 年 12 月 12 日的西安事变，都使蒋氏夫妇感到掌握制空力量的重要性。尤其是西安事变发生后，何应钦等人主张动用空军轰炸西安，更使蒋氏夫妇深感空军必须由"自己人"来领导，不能假手他人。《宋家王朝》一书的作者说："西安事变期间，蒋委员长在南京的许多亲信幕僚曾密谋策划把他炸得粉碎，因此，如让这批人掌握空军，显然是不智之举。蒋夫人对其丈夫说，她愿意亲自出马，设法把空军变成克敌制胜的有效武器，而非一种政治筹码。蒋同意并让她负责。"

美国女作家尤恩森认为蒋愿意由宋美龄出面主持"摇篮时期"的国民党空军，显示"蒋介石的看法有一点是颇为明确的：即国民政府需要现代化中国的军力，尤需战斗机。然而，购买飞机涉及大笔款项，蒋介石无法决定他那批贪污成性的幕僚中，究竟谁能负起这一重任。他知道自己的妻子可以信赖。因此，这位只受过音乐、文学和社会美德教育的宋美龄，便把许多时间花在有关航空理论、飞机设计和比较各种飞机零件优劣的技术刊物上。她和外商洽谈，订购了价值 2000 万美元的产品。她从采购商摇身一变为中国空军总司令，对妇女而言，这是史无前例的。"

尤恩森又说："宋美龄独揽空军大权，不容他人染指，并成为严格执行空军纪律的人。她规定，凡在这支精英部队中行窃者，将被处以极刑。直到必须撤离南京时，她还常在新闻稿上提到'我的空军'。"

宋美龄出任航委会秘书长前，国府空军由意大利提供飞机与训练，然一无成就。宋美龄急需能干的助手帮她整顿空军，她聘请了前美国陆军航空队飞行员霍布鲁克当顾问。宋是个做事讲究效率的人，她问霍什么人可以在短时期内把中国空军改造成像样的军种，霍马上想到了一个长相酷似"老鹰"而又充满慓悍之气的老飞行员，这个人就是陈纳德。

棉衣运动为将士募集了大量的保暖衣装，而且其中有许多件还是宋美龄亲手缝纫的。

　　1937年初春，陈纳德收到了宋美龄的一封信，问他是否愿意到中国当空军顾问，月薪1000美元。此外还有额外津贴、专用司机、轿车和译员，并有权驾驶中国空军的任何飞机。因病而离开军职的陈纳德立刻答应，4月1日即由旧金山搭乘"加菲尔总统号"邮轮经日本赴华，护照上面写的是到中国"考察农业"。从此，陈纳德开始了自己的中国生涯，成为家喻户晓的"飞虎将军"。

　　1937年6月初，陈纳德抵达上海。一个炎热的下午，霍布鲁克带他去见宋美龄和澳洲籍政治顾问端纳。当天晚上，陈在日记上写下他会见宋美龄的

　　1940年8月，重庆又蒙受日机的狂轰滥炸，8月23日宋美龄到受轰炸的灾区视察，到新运总会设立的难民饮食茶粥摊，亲自施粥慰问。

印象："她将永远是我的公主。"陈答应在两个月内向宋美龄提出对中国空军的考察报告。抗战爆发后，国府空军号称有500架飞机，能起飞的还不到100架；日军则有3000架，仅上海一地即有400架，日军且在上海建有机场。尽管中国空军远居劣势，但飞行员的素质和爱国心却是一流的，1937年8月14日，日寇木更津空军联队的18架轰炸机自台湾新竹基地起飞执行轰炸杭州任务，日寇机群越海窜入笕桥上空，中国空军第四大队大队长高志航率领27架战斗机升空拦截，击落6架敌机。这是中国空军的第一次空战，非但无一受损，且创光辉战果，宋美龄即建议将8月14日定为"八一四"中国空军节。

上：黄仁宇提到他在重庆读军校的时候，曾遇蒋介石亲往阅兵，他描述蒋形容憔悴，十分消瘦，不复他们印象中英姿勃发的蒋委员长。重庆时期的蒋介石饱受失眠和焦虑的苦恼，而一向走在时代前端的宋美龄却令众人跌破眼镜，扮演起贤妻良母，为蒋的病况想方设法。

左：蒋氏夫妇于1941年10月前往湖南视察，利用了一点时间寻幽访胜。宋美龄还是不忘带着她夸张的阔边草帽，两人坐在树下合影，谈起一点生活趣事，展现了战乱时期中难得的笑容。

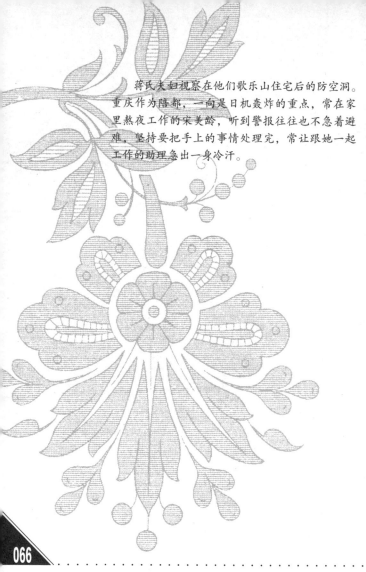

蒋氏夫妇视察在他们歌乐山住宅后的防空洞。重庆作为陪都，一向是日机轰炸的重点，常在家里熬夜工作的宋美龄，听到警报往往也不急着避难，坚持要把手上的事情处理完，常让跟她一起工作的助理急出一身冷汗。

陈纳德正式参与中国空军的训练与作战，指挥上海、南京和武汉的对日空战，在昆明训练中国空军并建立一个复杂的地面警报系统。1938年春，宋美龄因健康原因辞去航委会秘书长职务，由其兄宋子文接任，实际负责人则为钱大钧，但宋美龄始终对空军的人事、采购甚至训练和作战都掌握大权，她被称为"中国空军之母"，她一生中最喜爱的胸前别针就是金色与银色的中国空军军徽。

　　1940年10月，蒋氏夫妇派遣陈纳德至华府协助宋子文的"中国国防供应公司"获取更多的战斗机、轰炸机和飞行员。宋美龄数年前即曾嘱咐陈纳德，在中国飞行员还未培养出来之前，不妨雇用西方雇佣兵。1941年夏天，陈纳德筹组的"美国志愿队"成员陆续来华助战。当年12月20日，连炸中国一年未遭抵抗的日本空军在空袭昆明时，突遇一批机首漆着鲨鱼牙齿的美国P-40S战斗机升空对抗，使日军三菱Ki-21型双引擎轰炸机受到重创，鼠窜回河内基地，中国人民所称的"飞虎队"开始在中国战区建功。1942年

上：一名中国士兵在昆明机场守护飞虎队的寇蒂斯 P—40S 战机。

右：宋美龄在公开场合总是佩戴中国空军的金质徽章，她认为中国空军的建立是她对抗战最直接的贡献。

2 月 28 日，蒋宋夫妇在昆明宴请陈纳德和飞虎队成员，宋美龄讲了一段感性的话："在中国国运最严重的关头，你们带着希望和信仰飞越了太平洋来到中国。因为这个缘故，不仅我国空军，而且我们全国都展开双臂来欢迎各位。委员长适才曾道及你们光辉和英勇的事迹，他并且赞誉飞虎队为举世最勇敢的一支空军。"宋又说，"当你们翱翔天空时，你们无异是用火焰在空中写出一些永恒的真理，给全世界都看到……"

上：40年代的宋美龄。

下：1942年2月，蒋介石在昆明宴请飞虎队，身为中国空军的创立者和推动者，宋美龄列席发表了演讲。次日上午，陈纳德陪同蒋氏夫妇到机场准备返回重庆，突然一声呼啸，七架加满了油的"老虎"从空中一头冲下来，让两人吓得慌忙趴在满是尘土的地上。飞虎队的美国飞行官对战时国民党多有不满，可从这个事件窥出一二。

宋美龄的国际声望在抗战时代如日中天，这是1941年6月30日美国《生活》杂志封面。

EMILY
HAHN

The
vealing biography
of the three
greatest women
in China.

The Soong Sisters

DOUBLEDAY
DORAN

The revealing biography of the three greatest
women in China. By EMILY HAHN

MADAME CHIANG KAI-SHEK, YOUNGEST OF THE FAMOUS SOONG SISTERS

上：美国女作家项美丽（Emily Hahn）于 1941 年出版的著作《宋家姐妹》
（The Soong Sisters）。据称此书在美国发行数十万套，在国外影响甚巨，是
重要的研究宋氏著作之一。图为《宋家姐妹》封面。

右：抗战时期的蒋宋夫妇时常出席各种活动，而这一段抗战时期，也是
蒋宋夫妇相濡以沫的黄金期。

蒋氏夫妇与飞虎将军陈纳德。被陈纳德尊称为"我的公主"的宋
美龄此时如同鸟儿般地待在蒋的身边。这是宋极少的柔性一面。

1942年2月，蒋介石于加尔各答会晤印度圣雄甘地。

"宋美龄外交"
"一夜暧昧"与"30个师的兵力"

宋美龄着印度服装，额头点上朱砂，与尼赫鲁以及妇女代表合影，右一为尼赫鲁的女儿。

　　1942年4月，蒋介石夫妇和史迪威在缅甸梅苗期间留影。蒋介石似乎心情很好，夫妇俩都被摄影师的风趣给逗乐了。

　　上：中华民族的浴血抗战不仅导致国共第二次合作，也促成宋家姊妹暂时抛开私怨与公仇，携手抗日。图为宋美龄（中）在重庆郊外向大姐、二姐说明防空设施。

　　左：宋美龄、蒋介石登上美国《人物》杂志封面。夫妇俩素爱养狗，在重庆时养了好几只狗，图为其中的金色猎犬（golden retriever）。

1942年4月17日，宋美龄代表中国文化协会以海鹰图致赠中国空军美国志愿队。但是到了同年7月，此善战的"飞虎队"已名存实亡。

宋美龄兼具中国古典气质和西方优雅风度，而又带有犀利、精明的作风，使西方人如醉如痴、又爱又恨。罗斯福、威尔基、史迪威、陈纳德、魏德迈、马歇尔、麦克阿瑟、鲁斯、霍普金斯、雷德福，以及二次大战前后其他美国军政首长和媒体大亨，都对蒋夫人有着错综复杂、莫可名状的情结。蒋介石的抗日、"剿共"和保卫台湾，处处需要美国的助力，而宋美龄就是他获取美国物资援助与道义支持的最大本钱。

美国人一向不太欣赏蒋介石。二次大战时，美国人一直怀疑他会和日本私通和谈，亦质疑他为保留实力以对抗中共而未全力抗日；国共内战时，美国人又不满国民党政府的腐化无能，在罗斯福与高级幕僚的谈话里以及杜鲁门、马歇尔和艾奇逊的对话中，他们轻蔑蒋介石和国民党的神态，处处跃然纸上。尽管如此，宋美龄照样使美国佬倾倒不已，照样使他们支持"国民党中国"，军经援助源源而至，直到1949年蒋失败时，美援始暂告中断。但1950年6月朝鲜战争爆发，东亚情况危殆，美援又恢复注入蒋介石政权，美国开始"协防台湾"，第七舰队巡弋台海，因而改变了台湾的命运。

宋美龄在外交舞台上的最大表现，是1943年"征服"美国的访问和同年11月的中美英三巨头开罗会议。然就冲击性和影响力而论，美国之行远超过埃及之旅。

在1940年美国大选中，代表共和党角逐总统席位的威尔基，获2200多万张选票，仅输罗斯福500多万票，虽败犹荣。第三度当选总统的罗斯福是个大度的人，他知道威尔基颇有才干，也有国际视野，厌恶殖民主义，故请他担任总统特使出访英国、中东、苏联和中国，以促进战时外交。1942年9月底至10月中旬，威尔基访问中国，为"陪都"重庆带来了兴奋与鼓舞，"有朋自远方来"，蒋介石夫妇热烈招待这位热情奔放而又快人快语的美国总统特使。威尔基在一个晚宴上，建议蒋夫人访问美国，向美国朝野宣扬中国军民抗日的决心。他说，让美国人民了解亚洲问题和亚洲人民的观点，是极其重要的，未来世界的和平乃系于战后东方问题是否能够获得公正解决。印第

安那大学法学院出身、素有"华尔街赤脚大仙"之称的威尔基对蒋夫人说，以她的才气、智慧、说服能力和魅力，必能使美国人民更加了解中国。他说这项任务只有宋美龄可以完成，她将是一个"完美的大使"，美国人民"就需要这样的访客"。

当时陪同威尔基访华的爱奥华州《狄摩因纪事报》记者、《展望》杂志创办人迈克·考尔斯在其未公开发行的回忆录《迈克回望》中透露，在一次蒋介石为他们举行的盛大招待会中，威尔基偷偷溜走和宋美龄到重庆市中心妇幼医院的顶楼公寓"幽会"。威尔基与蒋夫人自招待会消失后一段时间，蒋介石曾愤怒地到处寻觅威尔基而不获。威尔基半夜时分返回宿处告诉考尔

1942年秋，以美国总统特使身份访问中国的威尔基，敦促宋美龄访问美国，向美国朝野说明中国人民的抗日决心。威尔基曾于1940年代表共和党角逐总统。据美国《展望》杂志创办人迈克·考尔斯透露，威尔基访问重庆的时候与宋美龄有过"一夜风流"。

斯说，他将偕蒋夫人同机返美，考尔斯力劝不可。翌日上午，考尔斯奉威尔基之命告诉蒋夫人，威尔基不能带她去美国。蒋夫人愤怒之下，用长指甲狂抓考尔斯的面颊，抓痕在他脸上留了一个星期。四个多月后，蒋夫人利用访美机会特邀考尔斯在纽约华尔道夫大饭店共餐。席间，蒋夫人劝考尔斯放弃新闻工作，全力协助威尔基参与1944年的总统选举，并愿负担考尔斯的全部助选费用。蒋夫人对考尔斯说："迈克，你可知道，万一温德尔（威尔基之名）当选，他和我就将统治整个世界。我统治东方，温德尔统治西方。"威尔基参加威斯康辛州共和党初选失利后即退出选战，罗斯福曾秘密邀其投靠民主党并答应提名他为副总统候选人，考尔斯力劝威尔基不可造次。1944

其介如石的蒋介石亦有伤心落泪时。

1943 年夏，史迪威代表罗斯福总统颁赠勋章给蒋介石后，宋美龄在招待会上倾身细看勋章，美国记者说："蒋夫人差点把蒋委员长的蛋糕打翻了。"

年 11 月，威尔基因心脏病突发去世，终年 52 岁。

事实上，最早披露蒋夫人与威尔基有染的是美国著名专栏作家皮尔逊。他在 1957 年 6 月 13 日的日记中对宋威情史的记载与考尔斯所述略有不同。皮尔逊说，蒋介石曾派 60 名军警搜寻蒋夫人和威尔基；威尔基离渝当天，再度与蒋夫人辟室密会 1 小时 20 分钟，并在飞机场拥吻。

曾任"国府新闻局"纽约办事处主任的陆以正说，蒋夫人当年获悉皮尔逊日记（1974 年始出版）披露她和威尔基的"婚外情"后，极度愤怒，准备在美国各大报刊登驳斥启事（其时皮尔逊已逝），经陆劝阻后，改向纽约法院控告出版公司，缠讼经年，双方达成庭外协议。不过，陆以正回忆说，他

上：抗战时期，孔祥熙摄于重庆嘉陵宾馆前。

右：1942年6月2日，与美国国务卿赫尔在华府签署租借法案后，宋子文手持法案留影。

同当年陪同威尔基访华的考尔斯查证宋威有无风流情事，考尔斯说："这是不可能的事，绝对没有！"考尔斯并应陆之请口授一信交陆带走，作为打官司证据。令人不解的是，口称"绝无此事"的考尔斯，却在1985年出版的回忆录中，大谈特谈蒋夫人与威尔基的露水情缘。

宋美龄对威尔基的建议大为心动，她向孔祥熙和宋霭龄提起这件事，孔、宋夫妇颇感意外，他们当面问威尔基，威尔基的回答是肯定的。事实上，美国杂志业巨子鲁斯1941年5月访问重庆时，曾经建议蒋夫人赴美访问，一则调养身体，二则替中国宣传，使美国人民认识中国，鲁斯说其效力可抵三十师兵力。但蒋委员长不允蒋夫人出国，蒋夫人自己亦不愿离开战时中国。蒋

介石对鲁斯夫妇说，蒋夫人在旁相助，其威力可抵六十个师兵力。重庆政府当时并没有想到派遣蒋夫人到美国进行高层外交，蒋介石和孔祥熙夫妇对威尔基重提蒋夫人访美建议，既感惊喜但也带一点踟蹰，因国史上从未有"夫人外交"的先例，也无法预料此行的效果。但中美关系如此重要，蒋、孔、宋不太满意的驻美大使胡适又刚下台，魏明道上任伊始，对美外交亟待加强。然而，就像孔宋家族在许多事务上的分裂、对立一样，新近自美返国的外交部长宋子文，大力反对宋美龄访美，他认为没有必要。一些中美高层人士私下皆表示 T. V.（宋子文的英文名字）不愿他的妹妹插手外交，视对美外交为其"禁脔"，"一山难容二虎"，无怪乎宋子文对宋美龄的美国之行独持异议。

宋子文虽不赞成宋美龄访美，但还是不得不服从上意，公事公办。他在1942年11月2日发了一通电报给罗斯福最信任的顾问霍普金斯，请他派一架飞机供蒋夫人使用，因蒋夫人"患有重病"急需到美国医治，并请代为安排医院，一俟蒋夫人抵美即可立刻住院，出院后再到华府进行官方访问，同时蒋介石的美籍政治顾问拉铁摩尔将随行。被认为是罗斯福"耳目"的霍普金斯马上回电给宋子文说，罗斯福总统获悉蒋夫人有恙，极为关切，已采取一切步骤，俾使飞机可以尽快提供给蒋夫人自重庆飞来纽约。

　　1942年11月17日清晨4时，蒋宋车队驶抵重庆机场，躺在担架上的宋美龄被抬出救护车，再抬上美国陆军部向环球航空公司（TWA）租来的最新式波音307同温层四引擎飞机，同行的有孔二小姐（孔祥熙和宋霭龄的次女）和两名美国护士，蒋介石在飞机起飞之后才离去。驾驶员萧顿并不知道要载运什么人，接到任务通知后即从美国本土起飞，经南大西洋、非洲、印度，再飞越驼峰，来时引擎一路出毛病，返航时却平安无事。宋美龄在机上一直躺着，未与萧顿及其他机组人员交谈半句，机组人员亦奉命不得和乘客交谈。飞机到了佛罗里达州棕榈滩，宋子文和宋子安在机场迎接。宋美龄停留一夜后，改搭C-54飞机续飞纽约。

　　1942年11月27日，宋美龄终于重返已睽别四分之一世纪的"新大陆"。美国是她的"第二故乡"，她的心情颇为复杂，25年前她自韦思礼学院学成归国，25年后则以"中国第一夫人"的身份回到她的知识启蒙之地。专机于下午2时抵达纽约长岛密契尔军用机场，霍普金斯迎于机坪，并护送她住

进哥伦比亚大学长老会医学中心哈克尼斯病房大楼。为了安全与保密，第12楼全部包下来。

　　宋美龄住进医院第二天，罗斯福夫人即冒着酷寒到医院探视她。宋美龄在罗斯福夫人面前，一扫女强人的姿态，表现得像个娇弱的病人，使已有5个孩子的罗斯福夫人对蒋夫人油然而生"我见犹怜"的母爱之情，虽则罗斯福夫人仅比蒋夫人大15岁。罗斯福夫人在回忆录《永志难忘》中说："蒋夫人似乎很紧张、很痛苦的样子，她不能忍受任何东西碰到她的身体。有很长一段时间，医生无法纾解她的痛苦，我认为这大概是她长期紧张、焦虑和中国气候所造成的后果。"又说，"蒋夫人颇为娇小和纤弱，看到她躺在床上，

1943年2月17日，宋美龄自纽约海德公园搭乘火车抵达华盛顿，患有小儿麻痹而不良于行的罗斯福总统迎于座车内。

我心里想如果她是我的女儿，我一定会帮助她、照顾她。"宋美龄于11月28日致电蒋介石，告以她和罗斯福夫人见面的经过："今晨罗夫人准时到院，妹表示此次来美尽以私人看病，对美国政府并无任何要求。彼即谓美国朝野人民异口同声对妹极为仰慕，均认妹为全世界女界中第一人物，即彼与罗总统亦素钦羡，此次能有机会相晤，窃心庆幸。"

宋美龄在医院一直住到1943年2月12日，总共11个礼拜，在哥大医学院教授兼附设长老会医学中心医生罗布的医疗下，拔掉了智齿，治愈了鼻

左：1943 年宋美龄重访母校马州韦思礼（Wellesley）学院，受到欢迎。

右：3 万加州民众于 1943 年 3 月 31 日聚集在好莱坞露天剧场欢迎宋美龄。这次盛会为宋美龄的历史性美国之行画下句号。

窦炎，身体逐渐康复。罗斯福夫妇对蒋夫人表现了极为慷慨好客的风度，邀请她前往纽约上州海德公园罗斯福的老家休息。宋美龄在海德公园待了 5 天，一面补足元气，一面忙着为国会众议院的演讲作最后的润色，以及思考在未来几个月内如何面对美国朝野和媒体，这是关系中国抗战前途、国际声望与中美关系的旅程，她必须冷静地运筹帷幄。

蒋夫人是个完美主义者，演讲稿经常一稿数改，甚至多达七八遍，使得海德公园和白宫的打字小姐不胜其烦。

宋美龄与罗斯福夫妇窃窃私语。

　　1943 年 2 月 17 日，宋美龄一行（包括国民党中宣部副部长董显光、随从秘书长孔令侃、孔二小姐及护士）自海德公园搭乘火车于下午 5 时 10 分抵达华府联合车站，车站内外万头攒动，挤满欢迎人潮，车站大厅亦布置了欢迎蒋夫人的各种旗帜和装饰品。驻美公使刘锴于下午 3 时余始接到白宫电话，告以罗斯福总统夫妇将亲自到车站迎接，刘锴再通知美东华侨救国会，白宫将以国宾之礼节欢迎蒋夫人，如同 4 年前接待英王乔治六世的礼节。罗斯福因患有严重的小儿麻痹症，不良于行，留在车内，其夫人则到月台欢迎蒋夫人。车队浩浩荡荡开往白宫，从车站到白宫的路上，无数的美国人和华侨争相向蒋夫人挥手、欢呼，和罗斯福夫妇同车的蒋夫人在车内亦频频挥手还礼。蒋夫人精神极好，神采奕奕，与三个月前来美时的一脸病容，判若两人。

　　宋美龄与罗斯福夫人伊莲娜合影于白宫草坪。有史家称,世界近代史上,除了伊莲娜外,没有一个国家的第一夫人堪与中国的宋美龄分庭抗礼。

1943年2月18日，宋美龄向美国众议院发表演说，众院院长山姆·雷朋向众议员介绍蒋夫人。宋美龄为了这篇著名的讲演词曾经数易其稿，而她在这次活动中的仪态与讲演，让美国民众如痴如醉。

蒋夫人抵达华府第二天，2月18日，可说是她生命史上的一个大日子，她要在众议院发表一篇相当重要的演说，这篇演说只许成功，不许失败。因为它不仅会影响到中美关系的现状和前景，亦将左右美国人民对中国的看法。更要紧的是，她必须把中国人民奋力抗战的情况，生动地介绍给美国国会和美国人民，以唤起美国朝野对中国的同情与更进一步的支持。此外，就宋美龄个人而言，这不仅是她一生中最重大的一次演讲，也是最具关键性的一次公开活动，她个人的形象和声望，端看她在国会山庄的表现。

最值钱的演说家和乞讨者
宋美龄赢得美国

· · · · · · · · · · · · · · · · · · · · · · · · · · · · · · · · · · · · · · · · · · · · · · · · · · ·

众议员全神贯注聆听宋美龄演讲，美国媒体和朝野对她带有南方口音的英语和动人的演讲词大为倾倒。

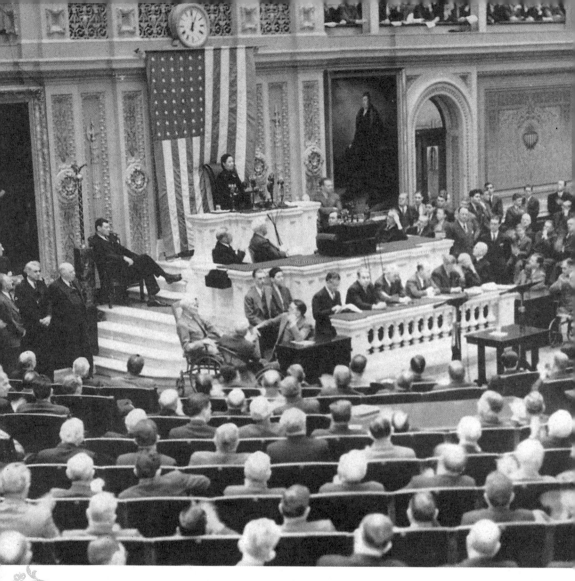

　　那天中午，罗斯福夫人陪同蒋夫人至国会，以参院多数党领袖巴克莱为首的迎驾小组护送蒋夫人进入参院议事厅，议员和旁听席上皆座无虚席，蒋夫人向鼓掌欢迎的参议员微笑颔首，副总统兼参院议长华莱士先作简短介绍，继由蒋夫人致辞。蒋夫人原仅计划向众议院发表演说，抵华府前始接获华莱士之邀向参院"说几句话"。蒋夫人一开始即说："余本非善于致辞之演说家，其实余并非演说家；然余亦非绝无勇气。盖数日前，余在海德公园时，曾参观总统之图书室，其中所见，于余有所鼓励，使余感觉诸君对于余之临时发言，或不致期望过奢。诸君试想余在该处所见者，究竟何物？余所见之物颇多，其最令余发生兴趣者，即玻璃窗内有一总统一篇演词之初稿，第二次稿，

众议院的议员们凝神聆听宋美龄演讲。
议员和旁听席上皆座无虚席。

直至第六次稿。昨日偶与总统提及此事，谓知名而公认为优良之演说家如阁下者，其演说草稿之次数，尚须如此之多，殊使余有以自慰。总统答称，彼演说词草稿有多至十二次者。准次而论，余今日在此临时发言，诸君当能谅我。"这段开场白获得了如雷掌声。

蒋夫人在参院的演说，举出了美国飞行员杜立德上校 1942 年 4 月率队轰炸日本后，数名飞行员在回航时降落中国山区获中国人民热烈欢迎。她说："余在贵国度过余身心长育之时期。余操诸君之语言，不但操诸君内心之语言，且操诸君口头之语言。故今兹来此，亦有如见家人之感。"

参院演讲结束后，蒋夫人即至众议院议事厅，众院议长雷朋向众议员热情颂赞蒋夫人。这是众院第二次邀请女性发表演说，荷兰女王威莲敏娜曾于1942年8月首获殊荣。

蒋夫人演说的重点是：（一）强调中美两国长期友谊与美军的参战贡献；（二）宣扬中国军民抗战之艰苦与决心；（三）陈述中国历史文化之悠久；（四）控诉日军暴行；（五）主张先击败日本再对付纳粹；（六）阐扬正义必胜之道；（七）各国携手重建战后和平。蒋夫人日后在美、加各大城市的演说内容皆以这七大重点为主。

蒋夫人在结语中的一句话，获得了满堂彩，她斩钉截铁地说："我中国人民根据五年又半之经验，确信光明正大之甘冒失败，较诸卑鄙可耻之接受失败，更为明智。"众院议事厅爆出了历久不歇的掌声，一名议员说他从来没有见过这样的场面，蒋夫人差点让他掉下眼泪。

除了宣扬中国抗战之外，蒋夫人美国之行的最大目的乃是希望获得美国政府和人民的"有形"援助。蒋夫人是个一流的演说家，也是高明的"乞讨者"，她在讲词中丝毫不露乞怜和乞援的痕迹，但是，众议员以及在收音机旁聆听宋美龄演讲的美国人民，立刻同声一致要求美国政府加速援华，而民众亦慷慨大度地乐捐助华抗战，即使连罗斯福总统亦不得不公开表示将加快军援中国的速度。

左上：宋美龄与罗斯福交谈。

左下：宋美龄访美，孔家三个子女担任贴身随从，并和宋美龄下榻白宫，他们的趾高气扬引起白宫侍从的普遍不满。（左起）孔令杰、孔令伟（着长衫者）、孔令侃。

1943 年 3 月 1 日下午，宋美龄自华盛顿抵达纽约火车站，接受华埠少女赵秀澳及林语堂之女林如斯献花。右为纽约市长拉瓜迪亚。

一位住在新泽西州东奥伦奇市的家庭主妇，寄了一张三块钱的汇票和一张上海难童在火车站哭泣的剪报至白宫，要求代为转给蒋夫人。这位美国太太说："三块钱汇票是我的三个女儿合送给那位在火车站哭泣的小朋友的。"这是蒋夫人的国会演说经由收音机转播全美，打动千千万万美国人心田的最佳证明。每天有数百封来自全美各地的信件寄至白宫，收件人是蒋夫人。写过《林肯传》的诗人兼记者卡尔·桑德堡在《华盛顿邮报》上写道："她所要的是什么？是为了整个地球上的人类。"

上：罗斯福夫妇陪同宋美龄向美国建国之父乔治·华盛顿的陵墓致敬。

下：罗斯福在白宫发表广播演说，宋美龄、总统顾问霍普金斯和总统表妹三个"烟枪"，持烟旁听。

在国会演讲后的第二天，蒋夫人和罗斯福夫妇一起召开记者会，这是一场面对媒体的重头戏，其重要性与影响力并不亚于国会演讲。记者会在白宫总统椭圆形办公室举行，172名记者挤满了办公室，连女记者也获准参加，大家一面采访蒋夫人，一面争睹"亚洲第一夫人"的风采，同时亦首次领略她的机智与锐利。在记者会上，蒋夫人坐中间，罗斯福在右，罗斯福夫人居左。《时代周刊》说，蒋夫人有如初次登台演出的少女一样，总统一直在抽烟，总统夫人的一只手放在蒋夫人的椅子上，状似护卫着她。这次记者会的参加人数比罗斯福1月底自卡萨布兰卡会议归来时的记者会都多了23人。主持过数以千计记者会的罗斯福像个纵容的叔叔介绍他美丽的侄女，他说："蒋夫人是个与众不同的特使。"他要求记者不要问难以回答的问题。

穿着一袭黑色旗袍，胸前别了一只中国空军军徽的蒋夫人，一开口就不同凡响。她说，她在中国战场访问过前线无数次，不知惧怕为何物，但此刻看到记者的笔不停地挥动，心里面不知道是怕还是不怕，"然而，我看到你们的脸上都闪烁着笑容，我感觉到我是你们的朋友……"记者热烈鼓掌。尽管如此，美国记者们开门见山就提出一系列尖锐问题，有个记者问她：听说中国并没有充分运用其人力？脸上露出不悦之色的蒋夫人提高声调回答说，中国在人力上已尽全力，但缺少军火，中国不缺训练有素的飞行员，但没有足够的飞机和汽油。一个记者马上追问：中国如何获得军火？蒋夫人很技巧地把难题推给罗斯福，她恭恭敬敬地转向罗斯福说道，总统解决过许多重要问题，度过许多危机，最好由总统来回答这个问题。记者群微笑着看罗斯福

如何"接球"，面对过多次类似场面的罗斯福马上接腔说，要把飞机和空需品运到中国去，可说是一件极为困难的事，但美国政府正戮力以赴把这些重要物资送到中国。他说，如果他是中国政府成员，也会问：什么时候运来中国？为什么不多送一些？作为美国政府一分子，他将会回答：我们将尽上帝所允许的那么快。罗斯福说完后，脸上露出得意的表情。

一位记者立即问蒋夫人，她对加速美国军火运华一事有何建议。蒋夫人站起来，两眼盯着前方，然后转向罗斯福总统，徐徐说道，他刚刚说过将尽上帝所允许的那么快，"但我提醒大家要记住：自助者天助之。"罗斯福听了大笑，并说他非常同意"自助"乃是一件非常了不起的事，不过，有些记

中国驻美大使魏道明（左一）为宋美龄举行了一场盛况空前的酒会。站在宋美龄两侧的是魏道明夫人郑毓秀和宋美龄的外甥孔令侃。孔令侃以"护花使者"身份全程陪同姨妈的官方访问活动。

者觉得蒋夫人有点咄咄逼人之势。有位记者问及飞虎队在中国表现如何，蒋夫人大加赞扬美国志愿飞行员对中国抗战的贡献。"老政客"罗斯福知道记者会如果继续开下去，蒋夫人的风头会比他还健，于是宣布散会。

# TIME

### THE WEEKLY NEWSMAGAZINE

MADAME CHIANG
She and China know what endurance means.

(Foreign News)

Boris Chaliapin

　　1943年2月18日宋美龄向美国国会发表历史性的抗日演说，受到全美舆论界与政界的一致赞扬。3月1日出版的《时代周刊》以中国第一夫人访美为封面故事，这是该杂志惟一一次单独以宋美龄为封面人物。

专栏作家克莱伯承认这场记者会使他大呼过瘾，他说，也许有一天要让影星海伦·海丝来演这个角色，不过，她演得再好也比不上真实生活中的蒋夫人。还有位记者匆匆向蒋夫人问道："蒋"这个字应如何发音？蒋夫人答，有中国式和美国式两种发音，美国式为 chee-ang，中国国语则近似 Johng。

2月28日晚上，蒋夫人一行坐火车离开华府，前往纽约，展开她的忙碌而紧凑的"征服美国"演说行程。宋美龄的火车在半夜经过犹他州一个小镇，全镇居民（包括50名小学生）在车站守候通宵，希望能一睹蒋夫人的风采。火车紧急停车后，宋美龄仍在睡觉，一个女佣打扮成宋美龄的样子，穿着她的披肩，走到月台上，频频向群众颔首微笑，这位完全不懂英语的女佣平时看多了女主人的神态，再经过一番指点，乡下人都以为她就是蒋夫人，一直叫道："就是她！就是她！"

蒋夫人在好莱坞的盛会是由《时代》与《生活》创办人鲁斯夫妇游说著名制片家大卫·塞兹尼克（电影《乱世佳人》制片人）出面筹备的。蒋夫人此行最受瞩目的是在好莱坞露天大会场发表来美的第三次重要演说，以及会见200多位支持中国抗日的影剧界人士。为中国人所熟知的大牌影星如劳勃·泰勒、亨佛莱·鲍嘉、鲍勃·霍伯、贾利·古柏、英格丽·褒曼、拉纳·透娜、凯瑟琳·赫本、泰隆·鲍华、亨利·方达、丽泰·海华丝、秀兰·邓波儿等都和蒋夫人寒暄，蒋夫人对好莱坞电影的熟稔，不但使影星惊喜，亦使影剧记者大为佩服。参加欢迎会的影星关切中国抗战，均踊跃输财，捐巨款给中国。卡莱·葛伦早在1941年即曾捐5000美元给"中国救济联合会"。4月4日，

蒋夫人于好莱坞露天广场向3万听众发表演讲，呼吁大家支持中国抗战。盛会在乐队演奏的《蒋夫人进行曲》中落幕，正式结束蒋夫人在美国的官方活动。4月11日，蒋夫人仍搭乘罗斯福总统的专用车厢横贯美国返回纽约。

蒋夫人于2月28日离开华府后，曾两度造访白宫。6月29日从美国南部搭乘来美国时所乘的同一架飞机返国。历时7个月大有斩获的新大陆之行，戛然告终。

1943年7月4日，蒋夫人返抵重庆。7月11日，重庆各界在夫子池"新生活运动"广场举行欢迎蒋夫人访美凯旋归国大会。

埃及之旅：
　　"三巨头"如何变成"四巨头"

　　开罗会议上，宋美龄的机智与流利的英文，对邱吉尔来说，不胜其烦，却又不得不对这个"中国第一夫人"表示出有限度的尊重。而当时的外电，则将这次会议称为"四巨头"的会议，除了三个男人是主角外，还有一个主角，是个中国女人。

　　1943 年，中美英三国领袖在开罗举行高峰会，会中决定战后将台湾归还中国。图为高峰会上的四位主角，（自左至右）蒋介石、罗斯福、邱吉尔、宋美龄。开罗会议全是男人的天下，惟独宋却母仪开罗，与三巨头平起平坐，而她亦在会议中，扮演了极为持重的翻译角色。邱吉尔因此对蒋介石与罗斯福漫长而亲切的对话和宋毫无瑕疵的英语，感到十分不自在，他说："英美代表团的对谈不幸被中国之情结搅乱……"但宋无疑是这次高峰会上的一个异样的亮点，邱吉尔在日记中评价说"可看出她是一个非常特殊亦极有魅力之人"。但其后邱吉尔想请宋美龄与罗斯福一道午餐时，却遭到了拒绝。

深恐中国统一的邱吉尔。

    1941 年 12 月 7 日，日本偷袭美军太平洋基地珍珠港，这一事件彻底改变了中国抗战的性质与国际战略架构，亦使中国的外援情况有了根本变化。美英两国的对日宣战以及中国对抗轴心国的行动，使亚洲地区的战事纳入全球反法西斯战争的一环。自 1942 年 1 月 5 日开始，同盟国成立了中缅印战区，蒋介石为中国战区最高统帅。曾在北平当过语言教官的史迪威将军，获陆军参谋长马歇尔的推荐，出任中国战区参谋长。自 1941 年 8 月即已来华助战的一群美国志愿飞行员（即俗称的"飞虎队"），于 1942 年 7 月 4 日并入美国第十四航空队，陈纳德将军担任司令。

1943 年 11 月 18 日，蒋介石夫妇率领的中国代表团远赴埃及出席开罗会议。代表团分乘两架飞机，自重庆飞往埃及途中，须越过喜马拉雅山，随行之国防最高委员会秘书长王宠惠，因年高体弱，一度昏厥。宋美龄目疾未愈，抱病远行。到了开罗后，英国中东事务大臣加赛欲为蒋夫人代约医生治疗眼睛，蒋嘱王宠惠婉谢之。会议期间，蒋夫人身体违和，邱吉尔的私人医生莫兰为她检查身体。当天晚上莫兰在日记中写道："她不再年轻了，但她有一种高贵的气质，也有一些憔悴的魅力。"检查完后，宋美龄问医生："有什么毛病？"医生答道："没有。"宋再问："没有？你认为我不久就会好吗？"医生说："夫人，只有放松你的紧张生活之后，你才会好转。"

开罗会议全是男人的天下，惟独宋美龄"母仪开罗"，与蒋罗邱平起平坐，三巨头高峰会变成四巨头会议，官方照片即有三巨头与四巨头两种。有人说她的穿着、谈吐和举止是会场附近的金字塔和人面狮身像以外的最生动、鲜活的形象。

全程参与三巨头高峰会以及蒋罗、蒋邱对谈的宋美龄，在会议期间扮演了极为吃重的角色。中国代表团重要成员虽皆能操英语，如王宠惠、郭斌佳、董显光、朱世明等人，但宋美龄嫌他们为蒋所作的口译不够好，"无法转述委员长思想的全部意义"，常亲自重译蒋的声明和对方的谈话。蒋罗、蒋邱以及蒋和其他高级代表（如美方马歇尔、英方蒙巴顿）的对话，皆由宋美龄挑大梁，口译兼阐释，工作颇为辛苦。蒋介石在会议最后一天的日记上写道："今日夫人自 11 时往访罗斯福总统商谈经济问题以后，直至霍氏（霍普金斯）

离去，在此 10 小时间几无一息之暇，且时时皆聚精会神，未能有一语之松弛，故至 10 时已疲乏不堪，从未见其有如此情状也。"

邱吉尔对蒋罗漫长而又亲切的对话和宋美龄毫无瑕疵的英语，感到颇不自在，他说："英美代表团的对谈不幸被中国之情结搅乱，此情结复杂冗长而又无关大局……总统（罗斯福）立即与蒋委员长闭门长谈。（我们）希望劝说蒋及其妻去金字塔开心一下，等我们从德黑兰回来以后再谈的计划，皆成泡影。"但邱吉尔表面上对蒋宋还算客气，蒋在日记上说："宴会中邱氏与夫人谈笑，夫人亦以幽默言态应之……"邱吉尔问宋美龄："夫人是否认为我是一个很老的人？"宋答："我真的不知道。阁下相信殖民主义，我不

1943 年 11 月下旬，中美英三国领袖于埃及开罗举行峰会，会议地点在金字塔与狮身人面像附近的米纳饭店（Mena House Hotel）。

相信。"不久，邱又问宋对其看法如何，宋答曰："我认为阁下说的时候比做的时候要凶。"邱吉尔在回忆录中提及他和蒋夫人曾有颇为愉快的对话，"可看出她是一个非常特殊亦极有魅力的人"。邱吉尔对蒋夫人说，上次在美国未能晤面，实感遗憾。宋美龄于 1943 年上半年访美时，适值邱吉尔亦赴美访问，双方因各摆架子，故始终未晤面。蒋介石曾于 1943 年 5 月 14 日致电宋美龄："邱吉尔即到华府，如能与其相见面，则于公私皆有益。此正吾人政治家应有之风度，不必计较其个人过去之态度，更不必存意气。但应必须不失吾人之荣誉与立场。"

邱吉尔不在的时刻，蒋氏夫妇与罗斯福就显得轻松多了。

　　真实的情况是：有一天罗斯福总统对邱吉尔说："我想介绍你见蒋夫人，她是一位漂亮的女人。"罗斯福立即打电话给蒋夫人，邀她第二天到白宫来与邱吉尔一道午餐，但宋美龄拒绝了。她说，邱吉尔要先打电话请她，她才会答应，午饭终于没有吃成。

　　罗斯福说，蒋介石是他所看到的"第一个真正的东方人"。这句话的涵义乃是罗斯福过去所接触到的东方人，尤其是亚洲政治家和知识分子，几乎全受过英美教育，多多少少带一点洋化，惟独蒋介石是个十足的"难以理解的东方君主"。但是1945年春天，罗斯福告诉记者斯诺说："开罗会议期间，我无从对蒋有任何看法。我后来想一想，才了解到我所知道的有关蒋的事情和他的想法，全都是蒋夫人告诉我的。她老是在那儿回答所有的问题，我了解她，但不了解蒋这个家伙！我根本没有办法识透他。"

会议期间适逢感恩节，但蒋氏夫妇不克参加晚宴，他们先行拜访罗斯福，在花园帐篷下饮茶。罗斯福的儿子伊利奥说，大部分的时间由蒋夫人发言，她说到改革中国文字，使其简化成1200个或1500个"基本中文"，她也提及中国的未来。在蒋氏夫妇告辞前，蒋夫人为蒋介石翻译了他们目前已达成的国共合作问题。

蒋氏夫妇有一次在行邸举行鸡尾酒会，伊利奥代父参加，邱吉尔之女亦与会。伊利奥说："蒋夫人走到我们身旁，一下子把我带到两张椅子上坐下。我觉得她像一位老练的演员。在半个多小时里，她生动地、风趣地、热心地谈着——而她老是设法以我为谈话中心。这种恭维与魅惑功夫是多少年来别人在我身上所施展不开的。她谈到她的国家，但所谈的范围只是限于劝我在战后移居到那儿去。她问我是否对牧场有兴趣，她说中国的西北是我的理想去处。她为我描绘出一个有能力、有决心的人在中国的苦力劳动中所能聚积的财富金色画面以后，就把身子向前靠，闪亮的眼睛看着我，赞同我所说的每一句话，把她的手牢牢地放在我的膝上。在最初几分钟，我极力对自己说：这位夫人只是对我们之间的谈话感到浓厚的兴趣，而在她的心中并无其他进一步的动机。可是在她的神态中却有一种与纯粹的真挚并不相融的锐利之光。我完全不相信她会认为我是如此重要而必须征服我，俾使我很快地变成她的好友，作为将来某种目的而用。不过我却相信蒋夫人多少年来始终是以一

种征服人的魅力与假装对对方的谈话发生兴趣的方式来应付人——尤其是男人——这种方式现已变成她的第二性格。我会害怕看到她的'第一'性格发作，老实说，那会吓坏我。"在酒会中，伊利奥亦与蒋介石寒暄几句。

酒会结束后，罗斯福问他的儿子酒会如何，特别是对蒋氏夫妇的观感。罗斯福皱着眉头听完伊利奥的描述后说道："我不知道我会不会像你一样反应那么强烈。她确实是个机会主义者。我当然不愿在她的国家变成她的敌人。然而，在目前的中国，谁能取代蒋的位子？就是没有新的领导人。尽管他们有那么多缺点，我们还是要依恃蒋氏夫妇。"

1943年11月25日中午时分，出席开罗会议的中美英首脑罗斯福、邱吉尔、蒋介石及高级幕僚合影。

中国在开罗会议的国际声望，虽达到了抗战以来的最高峰，且被列为四强之一，但在国力上仍属"地大人多"的弱国。中国抗战迈向了国际化，成为整个太平洋和东南亚战争的一环，但在美英两国的战略布局里，中国战区仍被视为一消极地"牵制日军"的战场，其目的乃在于"使中国继续作战"。

从另一个角度来看，自珍珠港事变、蒋夫人访美以至开罗会议，中美关系之密切、热络殆为亘古所未有，但亦种下了美国介入错综复杂之中国事务，并导致蒋介石与史迪威失和、马歇尔调处国共冲突失败的"毁灭的种子"。

1943年11月25日中午时分，出席开罗会议的中美英首脑及高级幕僚合影后，宋美龄加入合影。宋美龄与邱吉尔在会场内外频频斗智。参与摄影的中国高级幕僚有王宠惠、商震、林蔚。

情意独钟马歇尔

1944年6月下旬，美国副总统华莱士访问重庆，进一步了解到蒋介石与史迪威纠纷的严重性。宋美龄背后着西服者为外交部政务次长吴国桢。

中国局势的急剧恶化，迫使杜鲁门总统必须选派一个权高望重、足以服人的特使前往中国调停严重的国共争执。农业部长安德生在1945年11月27日举行的内阁会议上，向他推荐刚退休的陆军参谋长、五星上将马歇尔。被邱吉尔誉为二次大战"胜利之组织者"的马歇尔元帅，自1939年9月1日至1945年11月26日担任美国陆军参谋长，当时尚无参谋长联席会议之设置，马歇尔的职权即等于参谋长联席会议主席。罗斯福总统对他倚赖极深，杜鲁门总统则称他为美国"有史以来所产生的最伟大将军"。几乎所有的战史家皆认为，马歇尔元帅的运筹帷幄乃是奠定同盟国获得最后胜利的基石。

1901年毕业于维吉尼亚军校的马歇尔，服役军旅44年后，于1945年11月26日在五角大楼的军乐欢送下，告别袍泽，回到维吉尼亚州李斯堡老家，准备与老妻凯莎琳平静安谧地度过晚年，一偿凯莎琳多年宿愿。隔天下午，马宅电话铃响，马歇尔接电话，其夫人亦听到电话铃声，但因太过疲倦乃到楼上睡午觉。睡醒后听到收音机报告新闻，始悉杜鲁门总统已任命马歇尔为调停中国内部纠纷的特使，并将立刻动身赴华。马歇尔后来说，那通电话是杜鲁门总统打来的，首先抱歉打乱他的退休计划，接着要求他以总统特使身份前往中国，马歇尔简单地答道："是的，总统先生。"马歇尔夫人对马歇尔退休不到一天即复出，极为气愤，她的怨气经过一段长时间之后，才慢慢平息。

马歇尔与中国的缘分始于20年代。1924年9月7日，马歇尔中校和他的元配在秦皇岛上岸，马中校奉命出任美国第十五步兵团团长，任务是保护

天津租界，史迪威和当过朝鲜战争联军统帅的李奇威皆为其麾下。马歇尔在天津学会了一些中国话，自称比他的法语还好，他不像史迪威花很多时间研究中国语文和风俗习惯。马歇尔夫妇在华3年，1927年5月返美。18年后，马氏偕其继室重回中国。

马歇尔是个含蓄、低调和寡言的军人绅士，他在南京与蒋介石夫妇见面，会谈的第一天，在态度上就对蒋显得颇为恭敬。宋美龄是个政治警觉性极高的女人，她花尽心血、用尽心机讨好马歇尔，试图"动之以情"，帮国府说话。虽然马歇尔在中国的调解努力只是一场徒劳，宋美龄和马歇尔夫妇建立的友情却永未褪色。

与宋美龄关系良好的美国知名人士，不可胜数，然以私人情谊而论，显

1945年8月，行政院长宋子文偕其长女宋琼颐（Laurette）自莫斯科飞抵华盛顿。

宋庆龄支持史迪威与蒋介石对抗。

向罗斯福总统建议召回史迪威的赫尔利，在延安机场陪同毛泽东飞赴重庆与国民党进行谈判。

然无人能与马歇尔相提并论。马歇尔和宋美龄首次见面是在1943年上半年宋做客白宫之际，而宋于1942年11月赴美就医所搭乘的专机，即是马歇尔所安排。1943年11月开罗会议时，马、宋有了进一步的认识。在罗斯福总统为蒋介石夫妇举行的茶会上，马歇尔首次见到蒋，而以往都是经由史迪威发回华府痛批蒋的报告中"了解"蒋。马歇尔对蒋的第一印象是，蒋看起来不太像主宰数亿人民命运的军政强人，反倒像个中国的传统读书人和修道者，其审慎自持的态度和说得一口漂亮英语的蒋夫人恰成强烈对比。马歇尔认为蒋夫人似远较蒋介石更果断，她注意每一个步骤，不时纠正译员的翻译并加以阐释，有人怀疑她的"阐释"似乎是在补充蒋的原意。

1945年10月，蒋介石与毛泽东合影于重庆。国共所签订的《双十协定》没有能够阻止内战爆发。

在开罗会议中，马歇尔和史迪威都相当不满英国将领刻意贬低中国战区的重要性。在一次激辩中，马说："希望我们就这个问题再聚在一起讨论。"宋美龄听到这句话，身体向前倾，纤纤玉手放在马歇尔的膝上，柔声说道："将军，你和我随时可以聚在一起。"深受西方文化熏陶的"中国第一夫人"跟美国要人接触时，知道如何与他们相处，如何把自己最具吸引力的特质展现出来，而使这些显贵之士为她着迷，陈纳德、威尔基和鲁斯都曾经是"蒋夫人迷"，尤其是陈纳德和威尔基。马歇尔以特使身份使华，宋美龄对他极为照拂，要求擅长办理后勤工作的黄仁霖到庐山牯岭为马歇尔租赁一幢好别墅；在马歇尔生日时，又嘱黄仁霖办一个温馨的生日宴会。

　　马歇尔是个低调、含蓄和少言的军人绅士，他在南京与蒋氏夫妇见面，会谈时，马对蒋介石甚为恭敬。宋美龄凭其超常的政治警觉，对马歇尔试图动之以情，帮国民党政府说话，虽然马歇尔在中国的调解努力只是一场徒劳，但宋美龄与这位二战时的元帅建立的友情却非常深重。

　　马歇尔每次和蒋介石单独会谈时都由宋美龄传译。1946 年 3 月中旬，马歇尔返美安排对华贷款，国共对峙情势陡然升高，要求马歇尔尽速回中国调停的电报像雪片似地涌到华府，其中催驾最力的是蒋夫人。宋美龄于 4 月 2 日致电马歇尔说："我认为我必须坦诚地告诉你，如欲进一步磋商，你的与会乃是关键。我不想说'我早就告诉过你'这句话，然而即使你短暂地离开此地，已证明我以往常对你说的——中国需要你……早点回到我们身边吧，顺便带马歇尔夫人一道来。"

　　马歇尔夫妇于 4 月 17 日飞返中国，宋美龄不仅对马歇尔照顾备至，对

1945年12月21日，马歇尔特使奉杜鲁门总统之命，来华调解国共冲突问题，蒋氏夫妇虽然热情地招待了他，却仍着手进行内战的准备。

日本投降后，苏联迟迟不肯撤出东北，任东北特派员的蒋经国在获取谈判进展后，邀请宋美龄赴长春慰问。1946 年 1 月 22 日，宋美龄抵达长春。

　　1946 年 1 月 22 日，国民政府东北特派员蒋经国（中）陪同宋美龄抵长春，解决中苏相关问题，其到达机场时，苏联红军代表前来机场迎接。其时日军已开始投降，国民政府委派曾在苏联做过红军的蒋经国作为国民党接收大员，与驻扎在东北的苏军共商全盘接收东北事宜。但在与苏军谈判中，蒋介石仍派宋美龄前来，蒋介石最信任的两个人全部出现，可见蒋介石对此事的重视。而中苏关系也在当时显得举足轻重。宋美龄这位一直在江南长大的"第一夫人"，面对北国风光，曾经心里别样，因其一直不习惯北方天气。但其一生中几次最重大时刻全部与北方相关，一次是西安事变，再一次就是这次参加中苏谈判。

宋美龄一向是坚决的反共分子，处在苏联红军间，她似乎显得拘谨小心，脸上的微笑虽然维持着，却总冻结在同样的角度。

马歇尔夫人亦相当体贴。马歇尔夫人凯莎琳年轻时在英国学过戏剧，亦曾在职业剧团做过演员，与喜爱戏剧的宋美龄很聊得来。马歇尔在写给友人的信中说，蒋夫人对凯莎琳"颇为敬慕"。马歇尔大蒋介石7岁，凯莎琳则比宋美龄大17岁。

1946年5月12日至16日，蒋夫人偕马歇尔夫人到上海玩了4天，结果中国报界却大肆报道马歇尔夫妻吵架失和，马歇尔夫人由蒋夫人陪同"离家出走"；又说马歇尔从南京追到上海，但夫人拒绝见他，躺在医院里，生气又生病。"失和"谣言传得很厉害，马歇尔不得不写信向陆军参谋长艾森豪威尔（刚在5月访问过南京）抱怨中国媒体的无中生有。他说他和夫人好端端的，根本没有吵架，两位夫人到上海散散心、购物、吃馆子，过了愉快的

4 天之后，他到上海接她们回南京，如此而已。

　　1946 年 11 月 1 日，马歇尔和司徒雷登与蒋介石进行了三小时的会谈，由蒋夫人翻译，蒋告诉马歇尔和司徒，中共从未打算与"政府"合作，其目的在瓦解"政府"，他有信心在 8 到 10 个月内消灭共军。就在这次会谈中，马歇尔很严肃地对蒋夫人说："我要告诉你几句话，这些话很不客气，也许你不愿意翻译。如你认为太过火就不用翻。"马歇尔随即对蒋说："你已经破坏协议，你也曾抗拒订妥的计划。人家说你是现代乔治·华盛顿，经过这些事情以后，他们不会再如此称呼你了。"蒋夫人向马歇尔点点头说："我要他听听这些话。"随即忠实地译出来，蒋听了，面无表情，只是晃着腿，

毛泽东的妻子江青于 1946 年 3 月 5 日在延安机场送别马歇尔将军。

这是他不高兴时的特别动作。

马歇尔于 1947 年至 1949 年担任美国国务卿，1950 年至 1951 年出任国防部长；他在担任国务卿期间推出战后欧洲复兴计划（俗称"马歇尔计划"），并于 1953 年荣获诺贝尔和平奖。

宋美龄于 1948 年 11 月 28 日自南京飞美，11 月 30 日抵旧金山，12 月 1 日飞至华府。马歇尔夫人在机场接她，直接到医院探望马歇尔，顺便向他告状说司徒雷登企图促使国府与中共和谈。马歇尔夫人邀宋美龄下榻维吉尼亚州李斯堡马歇尔的住宅多多纳庄园。美国传记作家莫斯里说，宋美龄并没有在马歇尔夫人凯莎琳面前掩饰她对马歇尔的"一片情"，她要和凯莎琳"共享"

1946年4月29日出版的《新闻周刊》，以蒋介石夫妇和马歇尔为封面故事。

对马歇尔的感情。

宋美龄在马宅住了一阵，与凯莎琳一起下厨，一起在偌大的花园摘花、剪枝。两位夫人的话题都是以马歇尔为主，凯莎琳向宋美龄倾吐有关马歇尔的种种轶事，并透露马歇尔小时候有一撮头发老是盖住前额，因此养成快速甩头的习惯，大家就叫他"Fliker"。马歇尔于12月7日开刀，宋美龄到医院看他好几次，有一次写了一封长信给他，信上幽默地写着："送呈 Fliker 将军报告。绝密。阅毕即毁。"莫斯里说，这大概是任何人所收到最不寻常的一封"祝早日康复"的慰问信。宋美龄在这封长信中尽情撒娇，说她是在马家花园做苦力，而他则"躺在丝绸床单上"享受，又说她费了极大的力气

上：1948年，蒋介石夫妇在南京官邸的家居生活。蒋在宋的影响下，正在成为一个基督徒。而宋则喜欢处身于政治中，她的形象影响着当时的南京，时尚、自我，充满独特的神秘。

左：1947年1月8日，马歇尔将军返回美国出任国务卿，蒋介石夫妇亲往南京明故宫机场送行。

种植"荷兰种的大口径水仙花""除草以防霜敌";经过这些"令人腰酸背痛"的工作之后,又在厨房"度过悲惨的时刻","削马铃薯、煮罐头牛肉、发明了不起的新沙拉,尝起来味道像泥巴——在密接战斗中肯定可以困惫敌人。"

宋美龄以"一介小兵"的身份向"总司令"马歇尔告状:"一再向副总司令(凯莎琳)要求加薪。却被当作耳边风,反而指责小兵在此宿营后,两颊晒黑了肤色好看了,腰围亦显著加大。故任何有关财务上的要求一概无效。然而,小兵认为副总司令的答复既不民主,亦欠公正,且有歧视之嫌;所谓肤色好转也许是因结核病而泛红,体重增加可能是患有水肿或是不健康的暴饮暴食症,亦即举世皆知的大肚子病,这必须加以留意。到底有无公正可言?"

以"小兵"自居的宋美龄向马帅喋喋不休:"现向总司令提出 SOS 讯号,赶快撤离丝绸床单!甜蜜的家庭绝不是像这个样子。小兵请求上天对如此非中国式的招待予以作证。我的好友家用调温器经常胡搞一通,忽冷忽热。我要求国会立即按照康纳利参议员的指示关照此事,因有人在清教徒妈妈(宋美龄故意把 Pilgrim Fathers 写成 Pilgrim Mothers)的土地上做奴工。宋美龄敬呈。"

马歇尔看完宋美龄的长信,不禁大笑,并回信给宋美龄说,他绝不会让第三者看到这封信,不然会损害她的"中国皇太后"名声。

从这封看似游戏的文章、字里行间却流露真情的信中,可以察觉宋美龄与平时不苟言笑的马歇尔确实存在超乎一般人想象的交情。常被批评者形容

为中国最专横、傲慢的"第一夫人",竟会写出如此融合情爱与娇嗔的信函,而且对象是国民党当局视为失去大陆的祸首马歇尔,一方面固然显示了宋美龄能够把私谊和公事分得一清二楚,一方面亦突出了在众多美国军政要人中,宋美龄独钟情于马歇尔一人。

具有讽刺意味的是,蒋夫人与马歇尔密切交往之际,"国府"在美的一名特务却于 1949 年 8 月 24 日自华府向台北发出电报说:"过去这一年我对马歇尔特别容忍,但他丝毫未改变其态度。不过,我想还是不要攻击他,以免与美国政府当局直接闹翻。"

1950 年 7 月 31 日,朝鲜战争联军统帅麦克阿瑟在危机时刻访问台北,

商讨台湾出兵的可能性，蒋介石夫妇极为兴奋。5个月前，麦克阿瑟曾邀孙立人访问东京，期勉孙负担起防卫台湾之责。麦克阿瑟在松山机场以他的特殊方式向蒋介石致意，一面用右手与蒋握手，一面用左手拍蒋的肩膀，两位反共老将首次见面，格外热络。风度翩翩的麦克阿瑟也对宋美龄行吻手礼。蒋为麦召开"国府"军事首长会议，宋美龄全程参与，麦返回东京总部以后，向参谋长联席会议发去了一份简略的报告。"国府"驻美"大使"顾维钧引述《纽约邮报》的报道说，麦克阿瑟私下联络台北，而国务院和五角大楼犹被蒙在鼓里时，蒋夫人已告知了马歇尔；后来又把麦克阿瑟在台北与蒋介石的谈话内容报告马歇尔。邮报说，蒋夫人写给马歇尔的信"长达三页，单行打字，把麦帅和蒋介石的会议重点，一五一十和盘托出。如此大事，麦帅竟然不向华府报告，殊不知马帅已知晓一切，而且消息来源竟是蒋夫人这等权威人士。"宋美龄不但向马歇尔详述麦克阿瑟的随员到北投洗温泉，而且把军事会议的细节禀告马歇尔，这些细节对即将出掌五角大楼的马歇尔而言，颇有价值。

宋美龄在这封信中说，蒋介石告诉麦克阿瑟，来自各地（包括中国大陆游击队）的消息，建议她领导大陆游击运动，蒋问麦克阿瑟有何看法，麦克阿瑟说"不错"，麦克阿瑟的理由是领导地下游击工作的人最好是敌人不会怀疑的人，"而我是最不会被敌人怀疑的人"。不过，麦克阿瑟离台时在松山机场对宋美龄说，从事游击运动的人一旦被捕将会被拷打致死，"我不希望看到你身临险境。"

马歇尔回信给宋美龄："你告诉我有关麦克阿瑟将军访台一事，我自然很感兴趣，但我更关心的是你要领导大陆游击运动一事。这是一桩很危险的任务，就你不稳定的身体状况来看，领导游击队的艰苦生活，将会使你的健康严重受损。"

宋家三姐妹：与时代相沉浮的命运

宋家姊妹造像：由左至右为宋霭龄、宋庆龄、宋美龄。三姊妹的婚姻关系，使宋家成为近代中国最显赫的家族。

左：虽然庆龄的
婚姻曾引起轩然大波，
但是父母终究还是原
谅了她，留下了这帧
三姊妹与母亲留影的
珍贵照片。

右：宋家姊妹，
联袂前往重庆军医院
慰问伤患。

　　自20年代中期直至40年代末期，宋家三姊妹可说是全世界最有名的"姊妹花"。在一个"山雨欲来风满楼"的时代，她们选择的对象使她们的命运与时代相沉浮。

　　宋氏家族因三姊妹的婚姻关系而逐步进入中国政治的权力核心，但也因三姊妹的婚姻关系而造成家族的分裂。宋庆龄不顾父母、霭龄和其他亲友的激烈反弹，坚持嫁给孙中山，乃是宋家出现的第一道裂痕。

具有讽刺意味的是，宋庆龄与孙中山的婚姻，却使宋氏家族从买办家庭变化成权力家族，从区区上海宋家跃为中国统治家族。没有孙宋联姻，宋家成员不可能步上政治坦途，蒋介石也许不会强烈追求宋美龄，中国近、现代史或将改写。

　　结合政治、权力与财富的婚姻，成就了近代中国最著名同时亦最为人所诟病的孔宋家族。

左：抗战期间，宋霭龄（右）与宋美龄在重庆与罗斯福夫人通越洋电话。大姐与小妹感情很好，而使得孔祥熙夫妇和孔家子女在蒋介石政府中扮演"上下其手"的角色。

右：孔宋家族中最精明、最厉害的人乃是孔祥熙的妻子宋霭龄，连蒋介石也畏她三分。蒋介石的侄孙兼副官蒋孝镇说："委座之病，惟夫人可医；夫人之病，惟孔可医；孔之病，无人可医。"图为蒋介石手挽宋霭龄。

　　宋家三姊妹的错综复杂关系，八九十年来一直是中外人士瞩目的焦点。她们的恩怨与爱恨，引发了中外作家和媒体历久不衰的好奇及灵感，产生了无数的作品与报道。"三姊妹的故事"是历史、政治、外交、金钱、情感与斗争的综合故事，也是一个经典的权力与魅力融合的剧本。

三姊妹中，最精明干练的是大姐霭龄。跟她打过交道以及深知其为人的中外人士，皆异口同声地表示，宋霭龄是个极厉害的角色，孔宋财富的搜刮累聚，几乎都是由她发号施令。她是孔宋家族贪污枉法、与民争利的幕后大黑手和主要策划者。她不仅完全控制孔祥熙，即连宋美龄亦听命于她和被她操纵。绰号"哈哈孔"的孔祥熙是她的"走狗"。在她的强悍个性、贪婪之心和宋美龄的庇护下，她的丈夫利用官位职权席卷财富，她的4个子女利用特殊身份尽情享受特权，尤其是长子孔令侃、次子孔令杰和外号"孔二小姐"的孔令伟，他们凭特姨妈蒋夫人的撑腰，滥用权势，目无国法，谱成了近、现代史上最臭名昭著的一页。三四十年代，中国官场和民间流传的一首顺口溜，最能代表当时"四大家族"不可一世的盛况，那就是："蒋家天下陈家党，宋家姊妹孔家财。"

　　帮孔宋家族成员做过事的徐家涵说："孔妻宋霭龄，在幕后操纵国内政治经济以及国际金融投资市场。蒋介石、宋子文、孔祥熙三个家族内部产生摩擦，闹得不可开交时，只有她这个大姐可以出面仲裁解决。她平日深居简出，不像宋美龄那样喜欢出头露面。可是她的势力，直接可以影响国家大事，连蒋介石遇事也要让她三分。她是惟一不用什么'总裁''委员长'等头衔称呼蒋介石的人，她喊蒋'介兄'，在公共集会和外交场所，蒋介石对她'恭恭敬敬'。"蒋介石的侄孙、曾做过侍卫官的蒋孝镇曾对戴笠沉痛地道出蒋宋孔三个统治家族病因："委座之病，惟宋可医；夫人之病，惟孔可医；孔之病则无人可医。"即蒋介石的痛苦，只有宋美龄可以解决；蒋夫人的苦痛，

只有宋霭龄可以应付；孔家无底洞的贪婪和搜刮以及对社会造成的危害则无药可医，无人能惩。

　　宫廷派的首脑非宋霭龄莫属，霭龄通过美龄来左右蒋介石。宋霭龄巧取豪夺的行径是惊人的，这就是"前方吃紧、后方紧吃"的写照。孔祥熙担任财政部长期间，国民政府购买军用飞机，宋霭龄每次都抽取佣金。孔宋及其子女的搜刮和暴敛，宋美龄私下是否分一杯羹，因缺乏档案证据，无法证明，但在重庆、南京时代不乏霭龄、美龄两姊妹联手牟利的说法，即利用孔祥熙以套取外汇、操纵公债和投机银价。

孔宋家族在许多方面代表了上层阶级腐化、堕落的一面。除了贪财好货，孔家上上下下均"不安于室"，在"饱暖"之后，大"思淫欲"。在蒋介石身边任职的陈希会说，孔夫人宋霭龄有个姘夫，而这个姘夫的妻子又勾搭上孔家公子。美国人艾所普亦说，盛传宋霭龄外遇甚多，"通奸极频繁"，而使孔祥熙常戴绿帽。不过，"孔哈哈"亦非弱者，他同样在外寻找目标，甚至孔二小姐在外面找女人，拉皮条以孝敬其父，并利用此"功劳"趁机操纵中央银行。

1973 年 10 月 19 日，宋霭龄因癌症病逝纽约，终年 84 岁。

宋家三姊妹中，老二庆龄比较特立独行，她的思想进步，富有理想主义色彩也不摆架子。政治立场的殊异，使三姊妹起了内讧，霭龄与美龄组成联合阵线，庆龄则孤军奋战。

孙中山和宋庆龄的联姻，对宋家和中国而言，都是一桩影响极为深远的大事。他们的结合虽受到各方反对、批评和嘲讽，然而，孙宋的十载婚姻生活（1915 年至 1925 年）却是宋庆龄一生中最愉快、最幸福、最满足的岁月。

孙中山死后，宋庆龄的处境骤然改变。由于她的身份和地位，以及国民党内部的派系斗争，迫使她必须担负更积极、更凸显的政治性角色。

对宋庆龄而言，1927 年是她生命史上的第三个转折点。这一年，宋庆龄已很明显地认同国民党左派，她认为国民党左派才是真正继承孙中山的精神和思想。也就是这一年，在庆龄的大力反对下，小妹美龄终在大姐霭龄的倾力撮合及宋母有条件的祝福中，与中国党政军界的"明日之星"蒋介石结婚。

这场政治味道极为浓厚的婚姻，正式完成了宋家姊妹与近代中国风云人物的权力大组合。

1927 年以后，宋家姊妹的感情已受到难以弥补的创伤。霭龄与美龄属于蒋介石派，庆龄则成为反蒋派大将。国民党内部争斗加剧，宁（南京）、汉（汉口）分裂，宋庆龄、宋子文姐弟皆为武汉政府要员，但宋子文不久即弃汉投宁，助蒋筹措军费。武汉随后进行"清党"，中共宣布退出武汉政府，宋庆龄则日夜与左派人士为伍。

右：能够把两位姐姐一起请回重庆，宋美龄显然是得意又快乐的，她脑里盘算了许多全家团圆庆祝的美好计划，却没有想到国共对立已经逐渐酝酿中，届时她又难免与宋庆龄站到对抗的位置上。

左上：1939年，宋美龄到香港治病后，与两个姐姐一起返回重庆，宋庆龄也难得撇下她与蒋介石多年的恩怨，一道露面以挫汪伪政府的锐气，提振抗战人民的信心。

左下：1939年，宋美龄与蒋介石视察綦江县，与当地的女学生闲聊。

　　1939年4月8日，宋氏三姊妹一起视察了重庆大轰炸后的市街，背景后方的"中苏文化协会"字样见证了抗战时期国共合作的历史，而三姊妹一同出现，更是"统一战线"的具体而微。

　　虽然两位姐姐还是没有依照约定穿着宋美龄送的便裤在重庆市里亮相，她还是显得十分愉快，战火中的短暂春天来到这三位姊妹之间。

　　宋氏三姊妹到保育院里探视难童。三姊妹中只有霭龄曾经生育子女，果然比较懂得哄小孩，一到就把一个小男孩搂进怀里。

　　三姊妹在重庆的团聚不仅激励了中国的国民，她们也一同对美广播，强调中国坚持抗战的决心。

上：在茶会上，三姐妹坐着让记者拍照。

下：1939年11月9日，宋美龄以茶会招待外宾，并领他们参观熊猫。次年，她将这只熊猫送给慷慨捐助的美国妇女援华运动委员会，或许可称为"熊猫外交"的先声吧！

　　各式各样的邀约让三姊妹应接不暇，这日她们又应邀演讲，宋美龄在台上演说，大姐宋霭龄含笑地听着，宋庆龄还是一派国母的庄严肃穆。

宋家三姊妹与孤儿们在一起。

　　抗战军兴，宋家姊妹保持同仇敌忾之心，爱国救国的热忱暂时拉近了三姊妹的距离。1938 年 6 月，宋庆龄在香港成立"保卫中国同盟"，从事战时医药救济与儿童福利工作，将许多医药救济品转运至中共控制的地区。霭龄与美龄则组织"妇女指导委员会"，并致力"全国儿童福利会"工作，推销战时公债。1940 年 2 月，宋美龄自重庆飞至香港，住在沙逊路霭龄寓所，其时庆龄与子文皆住在九龙嘉运边道，美龄来港后，便和霭龄邀庆龄到沙逊路同住，三姊妹已甚久未在一起用英语和上海话"共话桑麻"了。三姊妹在公共场所的出现，引起了国际媒体的注意和议论，敏感的新闻界都预测孔宋家族将团结一致抗日。

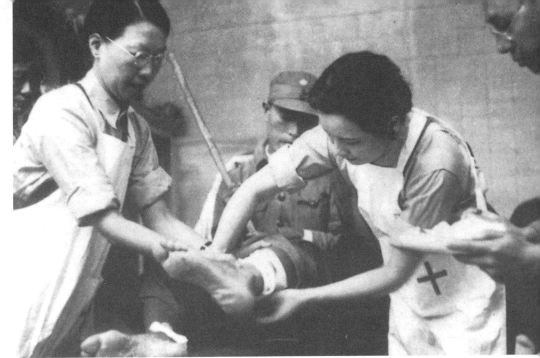

　　宋美龄一手创立了妇指会，并时常穿梭于后方的大小伤兵医院，亲自为伤兵包扎
慰问，留下了无数"中国南丁格尔"式的身影。

　　1938 年宋美龄在汉口为伤兵包扎伤口。

抗战时宋美龄探望孤儿。仿照国外元首夫人的风姿做各种慈善活动，似乎已成宋的一个重要象征与有为之处。

    1940 年 3 月 31 日，三姊妹从启德机场搭 DC−3 客机联袂飞往重庆，这是霭龄、庆龄首次踏足"陪都"。三姊妹一道走访医院，慰问伤患、孤儿和学生，参观防空设施、巡视重庆市区。一个多月的时间，国内外媒体竞相报道她们激励士气、促进团结、戮力救国的活动，这是最佳的抗日宣传，对三姊妹而言，也是最有效的公关和"政治秀"。

同样由"妇指会"推动的棉衣运动旨在为前方物资缺乏的将士做征衣。宋美龄从小由母亲教授缝纫女红，做起来也是得心应手。

    1982 年 11 月，一群采访过中国抗战和内战的美国记者聚会美国亚利桑那州避寒胜地史可兹代尔，回忆当年采访的经验和心得。战时两度赴华的《时代》及《生活》杂志女记者安娜丽·杰克贝说，有次蒋夫人请她在重庆一家餐馆吃中饭，饭后蒋夫人掏出美国骆驼牌香烟请她吸，她看到墙上贴着"爱国的中国人不吸烟，耕地要为抗战生产粮食"（大意如此，安娜丽已记不起确切文字），即对蒋夫人说："谢谢，不用。"安娜丽说她那时已改吸短圆、凹凸不平、烟纸发黄的中国香烟，蒋夫人的骆驼牌香烟则雪白、漂亮。她和蒋夫人聊好莱坞等女人爱聊的话题，不觉已至午后三时，她向蒋夫人说："蒋夫人，我是吸烟的，但看到墙上那些标语，我不好意思吸，怕会冒犯你。"蒋夫人开心地笑答："那是给老百姓看的。"

1948年，宋美龄戴着洋式的大帽子，在南京款待女性国民大会代表。宋处处以妇女领袖自居，其美式教育给予其绝好的模仿之后的展示，而且有着绝对的创新又以绝对的时髦领尽风骚。

宋美龄与"女国代"合影。此时蒋介石正在进行总统选举，夫妇俩正利用一切可能的机会，进行宣传。而这次蒋介石选举，所打的这张夫人牌，十分见效。

一名新疆的"女国代"将小帽戴在宋美龄头上，惹来四周笑声。作秀与做派是宋的拿手好戏。

宋美龄周旋在这一群女人之间，殷勤地招呼、谈笑，连一旁的仆役也颇为其乐融融。

宋美龄记性极好，见过一次她就可以正确无误地叫出对方的姓，她总是以时髦的方法称小姐为"密斯×"，使人感到亲切。

　　受美式教育的美龄认为晒太阳是健康的，因此在草地上艳阳底下办宴会，"女国代"们似乎也被温暖的阳光晒暖了心房，一个笑得比一个开心。只是随侍的老妈子似乎有点受不了，频频拭汗。

　　终于可以喘口气坐下来吃东西了，还得一边注意会场的大小情况，有没有人被冷落了，每一桌的气氛是否都愉快。美龄一手拿着汤匙，要把汤送进嘴里，眼睛却丝毫不在食物上，要当个称职的女主人，可能比到战场上冲锋冒险还要困难呢。

　　1948年，国民党完成正副总统选举后，蒋介石夫妇轮流致词。当时的场面可谓夫贵妻荣，而蒋也如愿当选总统。但在蒋宋春风行运的表面，却难掩深层的隐忧。

　　1946年12月25日，在蒋介石的授意下，国民党政府通过了《中华民国宪法草案》。1947年夏，国民党政府开始酝酿召开"行宪国大"，选举正副总统。1948年3月29日，国民大会开幕。4月19日国民大会选举蒋介石为总统。但谁来当副总统，对蒋介石来说，

确是个至关重要的问题，因为他需要的是一个完全听从于他摆布的副总统，但诸事不顺其愿，他最为忌厌的李宗仁也出来参加竞选。李宗仁之所以要参加副总统的竞选，完全是因为得到了美驻华大使司徒雷登的支持。

　　李宗仁参加竞选，蒋介石非常担忧。他心中明白，李一旦参加竞选，成功的可能性最大。为了把李压下去，蒋在周围策士的密议下，想出以党提名候选人的方法，企图把李从候选人的名单中剔除。与此同时让于右任、居正、吴稚晖、程潜、吴忠信、张群、陈果夫、孙科等人，以谈心会的形式，劝李宗仁接受党提名的方式。李知蒋要花招，没有接受，据理驳斥了他们的做法。

　　1948年4月23日，在蒋介石当选总统5天之后，国民大会开始了选举副总统。候选人共6人。投票结果，李宗仁以754票领先，孙科559票，程潜522票，其余更少。

　　李宗仁虽独占鳌头，但不足法定半数以上的选票，于是依选举法规定，第二天投票在前3名中进行。选举当天，《救国日报》为支持李宗仁当选，在头版位置刊登了孙科的一则丑闻，给孙造成了很坏的影响。蒋介石见孙可能不是李宗仁的对手，便召

见袁守谦等，嘱其为程潜助选，并拨竞选活动费100亿元法币，企图以程击败李。24日，国民大会进行第二次竞选，李宗仁得1163票，孙得945票，程得616票。李虽远胜孙、程，但仍不足法定选票，于是决定25日进行第三次选举。蒋介石原以为程行，第二次选举结果见程只有孙的三分之二票数，于是又召见程潜等人，劝程退出竞选，答应补偿他的竞选费用，设法把投他的票全部改投孙科。但一系列的故事闹得李宗仁十分

不满，故主动采取以退为进的方式，于25日登报发表声明，以选举不民主、幕后压力太大为由，退出竞选，造成孙科无竞选对手的局面。蒋介石万万没有想到会出现这种局面，不得已召开国民党中常会，派人劝请候选人参加竞选，但毫无结果。27日，蒋介石不得已只好找白崇禧去劝说李宗仁参加竞选。4月28日，国大恢复投票，李宗仁得1156票，孙科得1040票，程潜得515票。依法，李宗仁与孙科再由大会决选，以多数取胜。自从李退出竞选之后，反使竞选能力加强，凡对蒋不满的人，不论哪一派，都站到李宗仁一边来。29日投票结果，李宗仁以1438票压倒孙科的1295票，当选为国民政府第一届副总统。

李宗仁的当选成为了蒋的一块心病，其后发生的保密局毛人凤派人暗杀李宗仁即与此相关。而宋作为"第一夫人"，则似乎处于其中，难脱干系。

1948年的国民大会正副总统选举日后证实为一场灾难，国民党并未通过这场选举获得人心，反而加剧了其内部派系的矛盾，瘫痪其党的机器，并严重影响了蒋介石的领导威信。

5月20日，新科总统、副总统宣誓就职。这场就职典礼出了一个蒋介石恶整李宗仁的故事，李因为不知道就职当天蒋想穿什么，为求配合，便先向蒋询问，蒋便告诉他他将着军便服到场。到了会场，李穿上军便服并挂满了标榜战功的勋章，却见蒋一袭长袍马褂，相形之下，蒋一派温文，李却显得一副土里土气，在服装上，蒋巧妙地将了李一军。

图为总统官印，是总统权力
的具体象征。

就职典礼后，蒋氏夫妇、副总统李宗仁与国民政府官员合影。

左上：就职总统之后，蒋氏夫妇带领国民政府官员到中山陵祭拜中华民国的创始人孙中山。1929 年 6 月 1 日，蒋介石将孙中山遗体由北京迁回南京政府所在地的中山陵安葬，并举办隆重的奉安大典，他邀请宋庆龄从莫斯科返国参加典礼，促成宋庆龄离开越来越不友善的苏联。

　　左下：结束祭拜，从中山陵前的阶梯步下，爱惜妻子的蒋介石轻挽着宋的手臂，但习惯健步如飞的宋美龄却老走在前头，一时看来像是宋美龄在挽扶着年逾六十的丈夫了。

　　右下：历经战乱终于行宪立国，是该告慰先人，然则此时内战的烽火已越演越烈，大好江山这次是否保得住呢？恐怕才是蒋介石心中正在思考的问题。

以裂土之势相争，老死不相往来

　　登上"中国第一夫人"的宝座后，宋美龄积极地以新的身份向西方世界宣传反共战争的必要性，试图继续召唤西方关爱的眼神。

孔宋家族经由婚姻关系而获得"姊妹兄弟皆裂土"的无上特权，成为近代中国政治舞台上炙手可热的家族集团。然这个阀阅之家却充满着矛盾与猜忌、对抗与冲突，其中尤以宋家大女婿孔祥熙和宋家大少爷宋子文的争斗，最令人侧目，同时亦与蒋介石政权的起伏兴衰具有密切的连锁关系。

　　1943年5月，美英首脑在华府举行极为重要的"三叉会议"，商讨东西战事。会议期间，宋美龄虽向罗斯福大力游说加强援华，但罗斯福知道如何对付她和奉承她，向她兜售的不过是其远亲表弟艾所普所说的"金砖"（意即空头支票）。当时以宋子文"中国国防用品公司"顾问名义在华府观察三叉会议的艾所普透露，会议时，宋子文和宋美龄兄妹相互争权，令美国高层人士对中国统治阶层大搞"宫廷阴谋"和大闹"家务事"大摇其头。宋美龄对霍普金斯说以后任何事情皆与她联络，不要通过其兄，她说她对蒋有影响力，而宋子文所作所为皆无价值可言。

　　有一次，宋美龄到华府V街中国国防用品公司总部时，曾大叫："我为中国争取胜利了！我已为委员长得到他想要的所有东西！"宋子文听到宋美龄在走道上尖声大叫，赶紧请她到办公室谈谈，兄妹两人闭门谈了一个小时，宋美龄趾高气扬地走了。中国国防用品公司职员打听到罗斯福对宋美龄保证将直接提供飞机给中国空军一事乃是"骗局"之后，均要求宋子文向委员长报告蒋夫人被罗斯福耍了，但宋子文不敢。宋子文说，拆穿蒋夫人受骗，是件危险的事。宋子文说到激动处，不禁掉下眼泪。

　　宋子文必定知道，如果他和宋美龄对立，他将被委员长周围的人认为他

企图牺牲其妹以扩张自己的权力与地位，即使他成功地说服委员长，宋美龄亦会大怒。令人费解的是，艾所普说，罗斯福总统曾收到蒋介石的一封私人电报，声称蒋夫人无权代表他谈判。

　　1946年夏天，一群采访马歇尔调处国共冲突的中国记者在庐山牯岭小学访问宋美龄，有位记者问她：宋子文和孔祥熙做了那么大的官，为何还要经商赚钱？宋美龄不高兴地答道："经商赚钱有什么罪过？你们难道没有看见美国的高官不少出身于商界吗？"

　　孔宋家族视国事如家事，把国家当私产，政治、外交、经济、金融无不插足，故令人咬牙切齿，然蒋介石允准孔宋触须盘绕政府方针的作为，尤须负完全

责任。

国民党失败之后，孔宋的避风港自然是他们所熟悉的金元王国。1947年秋天，孔祥熙以接获其妻宋霭龄在美患病的电报为由，匆匆永别了中国。他们落户纽约，开始了"白华"生涯。他们协助反共亲蒋的共和党政客如杜威、尼克松等人竞选，并参与所谓"中国游说团"活动，为台湾当局争取同情和舆论支持。孔祥熙基本上是生意人，在美国做寓公当然不忘投资地产和股票，他的两个儿子孔令侃和孔令杰也都是活动力很强的商买。

孔祥熙于1967年8月15日因心脏病发作去世，终年87岁（生于1880年）。8月17日下午，宋美龄由蒋纬国及一支五人仪仗队陪同，搭乘专机奔赴纽约襄助大姐料理孔之后事。孔祥熙的大殓仪式于8月20日在曼哈顿麦迪逊大道和81街的坎波殡仪馆举行，追思仪式于8月21日上午10时在曼哈顿第五大道教堂举行，有当时的美国副总统尼克松、纽约枢机主教史培尔曼等美国要人及孔氏亲友数百人参加，最引人瞩目的是宋子文居然未亮相。孔的遗体安厝于纽约市郊哈斯代尔的风可利夫高级室内墓园。

宋子文携其妻张乐怡于1949年1月移居香港，3月底返回广东和奉化溪口数日，与蒋介石、孙科等国民党要人晤谈；5月16日赴巴黎，6月10日抵纽约。3年前即已定居纽约的3个女儿到机场迎接她们的父母。宋子文步孔祥熙之后，亦在纽约当起了寓公，但他比孔更加忙碌，经常与驻美"大使"顾维钧、驻联合国"大使"蒋廷黻和其他旅居纽约的"国府"党政学界过气要人聚会，讨论如何"力挽狂澜"，拯救"国府"；如何再组织"飞虎队"协助"国府"

对抗中共；如何促使美国加强援华；如何筹组一个由留美学者领军的内阁。

国民党败退台湾后，宋子文对政治仍未忘情，甚至想东山再起，到台湾襄助蒋介石推动政务，但遭蒋浇以冷水。1963年2月，宋子文第二次赴台（第一次为1957年），港台报纸对他的动静充满了揣测之词。事实上，孔宋的时代已经过去了，蒋介石到台湾后力图整顿，全力改造党务，孔宋二人与国民党之败有密切关联，蒋不可能再像以往委以重任，他们和陈果夫、陈立夫兄弟一样，成为不得人心的"负国之臣"。台湾政坛属于另外一批人的天下，即使这批人过去曾经是孔宋的班底和亲信（如魏道明、俞鸿钧、陈诚），但蒋介石已决心开创新局，并培养蒋经国为接班人。

宋子文的三个女儿摄于 1946 年秋天。长女琼颐（左，18 岁）就读华盛顿三一学院；次女曼颐（中，Mary Jane，16 岁）和幼女瑞颐（右，Katherine，15 岁）分别在巴尔狄摩和长岛上学。

1971 年 4 月 25 日，宋子文在旧金山的一场晚宴中因食物哽住气管而呛死，终年 77 岁（生于 1894 年）。5 月 1 日，追思礼拜在纽约一座教堂举行，宋子文的遗孀张乐怡和女儿宋琼颐、宋曼颐、宋瑞颐，以及宋子良、顾维钧、刘锴等数百人参加，蒋介石只颁了一块"勋猷永念"的挽额，以追怀这位和他有过多年合作与扦格的姻亲。尼克松在国家安全顾问基辛格的催促下，发了一通唁电给宋美龄，电文说："他报效其家国的辉煌生涯，特别是在第二次世界大战期间为我们共同的伟大事业所做之贡献，将永为美国友人铭记不忘。我们和你一样，对他的逝世同感伤悼。"然而，当时在纽约的宋美龄、宋霭龄及其子女皆未参加宋子文的葬礼和追思礼拜。

　　宋美龄曾对美国女作家项美丽说，她在 9 岁以前都是穿哥哥子文穿过的衣服，因子文发育快，每二三个月就要换衣服，穿过的就给她。子文在哈佛读书时常到韦思礼学院探望美龄，质朴的兄妹之情，长大后却因政治、私利与狭隘的胸襟而水火不容，死后亦拒绝问吊。宋家虽为基督教家庭，宽容、友爱的信条显然并未在家里生根。

　　孔宋郎舅之间的宿仇积怨，严重到"老死不相往来"的地步。颇有讽刺意味的是，他们死后，遗体皆安厝在风可利夫墓园的室内灵殿。

　　蒋介石口中的"庸之兄"孔祥熙，富可敌国，极讲究口腹之欲，西方媒体称其造型为"漫画家的最爱"。

《时代》风云夫妻档，西安事变化危机

　　西安事变爆发前，宋美龄、蒋介石夫妇与孔祥熙合影。蒋孔关系历久弥坚的最大
原因为宋美龄与宋霭龄两人牢不可破的姊妹之情。

人们一般认为，亚洲妇女对政治缺乏兴趣，尤其是在民风尚未大开的20世纪二三十年代的中国，然而，宋美龄不但热爱政治和权力，也深通权术。蒋宋联姻，固然是蒋希望成为孙中山的连襟和继承者，为了获得江浙财团和缙绅阶级的资助，但也是宋家所"设计"的政治婚姻策略。蒋宋的联手合作，共治国家，在世界政治舞台上洵属少见。世人都把眼光投射到古老的东方，他们很惊讶一个出自美国韦思礼名校的才女，竟然会辅佐"其介如石"的一介武夫在混乱、落后的中国对付军阀、日本人和共产党。

　　后知后觉的西方人不得不承认，宋美龄不是他们想象中的"花瓶"，她是一个极有威力的"第一夫人"。1938年1月3日出版的《时代周刊》，推选蒋宋为"风云夫妻"，这是该刊一年一度的封面风云人物选拔中，首次推出"夫妻档"。事实上，早在1931年10月26日，《时代周刊》即以蒋宋夫妇为封面人物。

　　蒋介石政治生涯的特色是敌人太多。党内有政敌，党外有仇敌；被他视为"第一祖国"的日本，一直想吃掉他；苏联垂涎新疆、蒙古和东北；西方列强也想捞一点利益。蒋介石的一生，是战斗的一生，从广州发迹，历经北伐、抗日、"剿共"到终老台北，他从未停止战斗，因为他永远都有敌人。

　　走下飞机后的宋美龄很快换上了常态。西安事变撼动了国民政府，让大权在握的野心人士蠢蠢欲动，宋美龄到处奔波走访，终于走出一条活路来。

宋美龄与澳
大利亚籍政治顾
问端纳。端纳原
为张学良的顾
问，少帅推荐给
蒋。1936年，端
纳曾陪宋美龄飞
赴西安探蒋。

宋美龄于
1936年12月22
日飞抵西安，
展开救夫行动。
这张照片摄于
宋美龄搭机抵
达西安，走出机
门的那一刻，哥
哥子文和友人
端纳伸手要去
扶她，她神情悲
恸，像是眼泪已
经准备奔流而
出。

宋美龄的角色之一就是帮助蒋介石化解敌人，即使不能化敌为友，也要使敌人对蒋的伤害程度减至最低最少。蒋介石并没有太多的现代知识和外交能力，他的弱点和短处，皆可由宋美龄加以弥补和强化。

1936年12月12日西安事变骤发，张学良、杨虎城发动兵谏，将蒋介石扣在西安华清池。张杨提出八项主张，要求蒋介石立即停止内战，召开救国会议。南京大员有的疾呼营救，有的建议谈判，有的力主轰炸西安，军政部长兼"讨逆军"总司令何应钦欲以强硬手段对付张学良，不计后果，遭到不少人的责难。

在几个"大男人"慌慌张张、手足无措的时候，思虑最周密的就是宋美龄。她的救夫行动，使南京军政要员个个汗颜不已。宋美龄说："余个人于事变发动之初，即决心与劫持我丈夫之西安将领作正义之周旋，任何牺牲，任何代价，皆所不顾……"

和蒋介石同具刚强个性的宋美龄于兵变后10天偕澳大利亚籍的顾问端纳，及宋子文、戴笠等人飞赴西安探蒋，此为端纳和宋子文第二次探蒋。宋美龄回忆说："机方止，张学良登机来迎，其状憔悴，局促有愧色。余仍然以常态与之寒暄。"宋告少帅，请他命令士兵勿搜查她的行李，少帅答："夫人何言，余安敢出此！"宋美龄与张学良、于凤至夫妇本为旧识，少帅对宋颇为尊重，立刻让她会晤蒋。宋美龄说："余入吾夫室时，彼惊呼曰：'余妻真来邪？君入虎穴矣！'言既毕，愁然摇首，泪潸潸下。余强抑感情，持

常态言：'我来视君耳。'盖余知此时当努力减低情绪之紧张。"蒋向宋美龄描述"遇劫当时，黑夜攀登山，手足为荆棘与山石刺破，遍体鳞伤之状况……"蒋对宋说，他早晨读《圣经》，正好读到"耶和华今将有新作为，将令女子护卫男子"这句话。

12月25日，张学良坚持与蒋宋同机飞赴南京，后张氏被交付军法审判，宋子文觉得无以对朋友，一怒而走上海，张学良从此失去自由逾半世纪。

曾强烈反对宋美龄与蒋介石结婚的宋庆龄，1940 年在香港时，对美国记者斯诺说过一句颇为公允的话，她说，蒋介石和宋美龄的婚姻，"一开始并无爱情可言，不过我想他们现在已有了爱情，美龄真心诚意地爱蒋，蒋也真心诚意地爱她。如果没有美龄，蒋会变得更糟糕。"宋庆龄又说，她妹妹对蒋介石的影响很大。

宋美龄对蒋的正面影响，可说涵盖了思想、政治、外交和宗教信仰四个层面。在思想上，她拓宽了蒋的国际视野和现代知识；在政治上，巩固了江浙财阀对蒋的支持，并以个人的魅力与机智助蒋化解大小危机，西安事变即为一例；在外交上，宋美龄利用其美国背景，大大地影响了美国媒体、政界及教会对蒋和国民党政权的支持，尤其是山东登州出生的传教士之子亨利·鲁斯，在其所创办的《时代》《生活》和《财富》三大杂志上，对蒋宋和国民党政权的全力支持，已成为美国新闻史和中美关系史上一个令人深思和引发争议的问题。

鲁斯的爱将、抗战期间《时代》和《生活》驻重庆特派员白修德即因批评蒋介石、孔宋家族和国民党政权的腐化而与鲁斯闹翻。鲁斯对蒋宋的维护和捧场是无条件的，对"国民党中国"的友好，亦是毋庸置疑的；他是个不世出的伟大报人，他对新闻事业的贡献（特别是对时事杂志）是石破天惊的，但他的缺点和短处则是具有太多属于自己的政治议程，以及傲慢地高举"美国第一"的火炬，希图创建"美国世纪"。鲁斯旗下的三大刊物，对蒋宋和

国民党政府抗日与"剿共"的宣扬，在美国和西方世界发挥了无比的威力；而通过鲁斯的杂志，蒋介石和宋美龄乃成为美国家喻户晓的"中国第一伉俪"。然而，如没有宋美龄的流利英语以及对西方人的习性与文化谙熟，则西方世界对蒋介石还是讳莫如深，即使是罗斯福总统亦自称必须经由蒋夫人来了解蒋介石。

在宗教信仰上，蒋介石虽接受宋母倪太夫人所提出的信奉耶稣基督为结婚条件，蒋亦在婚后三年（1930年10月23日）于上海正式受洗成为基督徒，但不可否认的是，蒋日后能够成为虔诚的基督徒，传教士之女宋美龄对他的影响无与伦比。在她的建议下，从1931年开始，蒋的官邸每逢礼拜日晚上皆有传教士主持宗教仪式并带领静思。即使在蒋死后，宋美龄仍不忘向世人表明蒋是基督徒。蒋介石的私人医生熊丸透露，由秦孝仪执笔的蒋氏遗嘱写好后，宋美龄表示要看看内容，她看完后对秦孝仪说："你加几句进去，说明他是信基督的。"熊丸说："所以很多人问总统遗嘱里，为什么连基督的事情也要写，事实上，那是夫人的意思。"

宋美龄、蒋介石夫妇泛舟日月潭。

179

　　就像一般结发数十载的老夫老妻一样，宋美龄曾多次与蒋介石发生争吵，闹得相当不愉快。美龄每次负气"离家出走"，都往大姐霭龄家"避难"。

　　1944年春天，重庆党政高层突然盛传蒋介石有了"外遇"，各种谣言纷至沓来：有的说是陈立夫的侄女陈颖成为蒋的新欢；有的说陈颖是护士，又有人说她是教员；有的说陈颖也许是陈布雷的女儿；有的说宋美龄发现蒋有

"婚外情"后，两个人打了一架，蒋的头部被花瓶击中而挂彩；有的说宋美龄把一双从未见过的高跟鞋从卧室扔出窗外时，打中一名警卫的头；有的说蒋给陈颖50万美元让她出国。美国驻重庆外交官谢伟思把这些花边谣言传回国务院，华府以好奇、疑惑的目光密切注视"中国第一家庭"的"绯闻"。另一个说法是蒋与下堂妻陈洁如重燃旧情。隐居在上海法租界的蒋介石前妻陈洁如，1941年12月在上海街头偶遇老友、汪精卫的妻子陈璧君，陈璧君力劝陈洁如到南京汪精卫政权任职，陈洁如婉言相拒，后只身秘密离开上海前往大后方，辗转来到江西上饶。顾祝同派人护送她到重庆，被安置在吴忠信家里，蒋获悉后常去吴家与陈洁如幽会，尽管十分保密，仍被宋美龄探悉。不管是陈洁如或是陈颖，蒋宋婚姻起风波则是事实。

有好几个月的时间，宋美龄未在公共场所露面，等于是销声匿迹，和她1943年所受到的热烈欢迎恰成强烈对比。就在宋美龄"躲"在孔宅休养之际，国际间却盛传蒋介石和宋美龄将离婚的消息。流言来自英国蒙巴顿爵士的部属，这位"大嘴巴"参谋告诉英国《每日邮报》驻加尔各答记者："蒋夫人铁定会离开她的丈夫而在美定居。"美国驻重庆的情报员则在发回华府的报告中说，蒋宋不致离婚，因离婚势将严重影响中国军民的士气，不过，蒋夫人可能会留在美国。对于这个轰动国际的新闻，国府驻美大使馆起初不知如何应付媒体的探询，后来接获重庆的指示，乃发表声明断然否认蒋宋离婚的"谣传"。宋美龄在纽约住了一年，直到1945年9月始返回重庆，其时日本已投降矣。

在台湾岛上，国民党的政治环境变得单纯了，蒋介石的政治敌人根本无法在这个所谓的"复兴基地"立足，"保卫台湾、反攻大陆"成为蒋介石政权的金字招牌。在这块招牌下，蒋宋夫妇相依为命，两个人的感情"老而弥坚"。除了士林官邸，他们在阳明山、桃园角板山、南投日月潭和高雄西子湾等地设立行馆。台北住腻了，就到这些山明水秀之地散散心。在蕉风椰雨的宝岛，蒋宋夫妇共同度过了他们一生中最安定的最后四分之一世纪。

一向注重养生之道的蒋介石，60年代末期发生一场车祸之后，身体日渐衰弱。联合国恢复中华人民共和国的席位、尼克松访问中国大陆和国际形势

　　1973 年 11 月 15 日，国民党中央评议委员举行第五次会议，宋美龄以中央评议委员身份出席。她身边坐着与她一路走来的伙伴们，同为国民党的权力中心。（右前为张群，右后为顾祝同，左为方治）

对台湾的日益不利，使这位反共老人颇有时不我与之叹。1975 年 4 月 5 日深夜，蒋介石在大雨滂沱中撒手人间，终年 87 岁。无从"光复"故土的"缺憾"，只能"还诸天地"了。

　　蒋介石去世后的士林官邸，跟以前大不一样了，气氛显得格外凄凉。宋美龄决定离开这个让她时时刻刻都会触景伤情的地方。1975 年 9 月，宋美龄离台赴美前夕发表《书勉全体国人》一文，文中说在 48 个春秋里，"余与总统相守相勉，每日早晚总统偕余并肩祷告、读经、默思；现在独树一幅笑容之遗照，闭目作静祷，室内沉寂，耳际如闻声，余感觉伊乃健在，并随时在我身边。"

无限风光成往事，长岛湾畔长寿人

1957 年 2 月 12 日，在日月潭畔的别墅里，蒋介石带着微笑又着腰看妻子画画。他有时候会耐心地看着，有时候又故意逗她，要使她出错。但是宋美龄个性执拗，越要她出错，她越是不肯犯错。

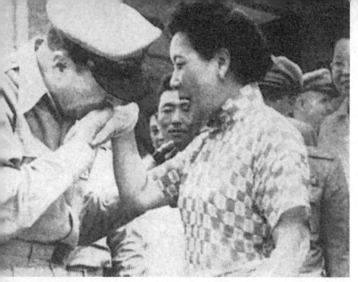

"美国恺撒大帝"麦克阿瑟将军于1950年访问台湾，与蒋介石磋商国民党政权出兵朝鲜战争一事。麦克阿瑟向宋美龄行吻手礼。

历届美国参谋首长联席会议主席中，最支持国民党政权的是海军上将雷德福。1953年年底蒋介石夫妇在士林官邸宴请雷德福夫妇和远东事务助理国务卿饶勃森（左一），五个人手挽手合影。雷德福夫人穿的是宋美龄送她的旗袍。

1949年12月10日，蒋氏父子在兵荒马乱中自昆明凤凰山机场搭乘飞机赴台北，蒋经国称："父亲返台之日，即刘文辉、邓锡侯公开通电附匪之时。此次身临虎穴，比西安事变时尤为危险，福祸之间，不容一发。记之，心有余悸也。"此为蒋氏父子对大陆的最后一瞥，从此"无限江山，别时容易见时难"！

　　1957年蒋介石的《苏俄在中国》一书发行英译本，美国《生活》杂志连续两期刊载摘要。宋美龄、蒋介石夫妇为庆祝英译本的出版，特在士林官邸拍摄此照。

1955年4月18日出版的《时代周刊》最后一次以蒋介石为封面人物。

从一个历史反讽的角度来看,蒋介石败退台湾,可谓"因祸得福"。尽管他领导北伐、抗日和"剿共",且拥有委员长、主席、总裁和"总统"的头衔,但他从未真正统治过全中国,一直不断有内外敌人挑战他的统治权。只有在台湾他才享受到至高无上的绝对权力与尊荣,台湾才是蒋家王朝的金汤城池。

蒋经国、蒋方良夫妇携子蒋孝勇和蒋纬国、石静宜迎接母亲返台后，
合影于桃园空军基地。

　　50年代的台湾常被形容为风雨飘摇之岛，美台关系是国民党当局赖以生
存壮大的生命线，宋美龄是罕见的"美国通"，也是蒋介石倚为左右手的对
美"外交"权威。

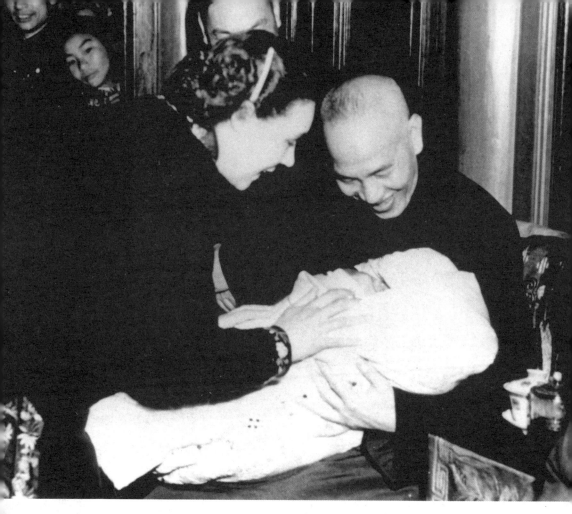

蒋介石逗弄甫出生数月的蒋孝勇，蒋经国夫妇随侍在侧。

　　台湾岛的政治气氛和以前大陆时代大不相同，纵然宋美龄在对美"外交"上仍居一言九鼎之地位，然其政治权力显然已逐步受挫，她的最大对手不是别人，乃是蒋经国。蒋家父子决心不让另外三大家族的灰烬在台湾重燃，亦不许别的政治势力在宝岛扎根，他们要改造国民党，首先要铲除孔、宋、陈的力量。孔祥熙和宋子文在纽约做寓公，陈果夫病死台北，陈立夫则被放逐到"新大陆"，在新泽西州养鸡、在纽约唐人街卖湖州粽子和"陈立夫皮蛋"，与花果飘零的CC徒弟们谈论时局和人物。

50 年代，蒋氏家族生活照。宋美龄帮小孙子蒋孝勇修剪头发，后为蒋经国。

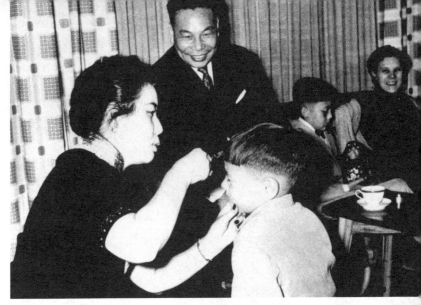

蒋经国和蒋方良在餐桌上状甚亲昵，作风洋化。

50 年代，宋美龄与媳妇蒋方良闲聊。

蒋氏夫妇与经国一家出游，阳光正好，与家人同乐，让蒋十分开心，笑容也特别灿烂。

　　蒋经国在日记和回忆文章里，几乎从未提到他毫无血缘关系的继母与弟弟蒋纬国，亦鲜少道及其妻蒋方良，其目的自然是要凸显他与父亲的密切关系及传承意义。和宋美龄不同的是，蒋经国的俄籍妻子蒋方良早已学会如何在第一家庭里，做一名"默片"的主角。蒋经国当了"总统"，蒋方良并未以夫为贵，她既不能自称"蒋夫人"，亦无法戴上"第一夫人"的后冠。即使她公开亮相的机会比以前多了，报纸登她照片的次数也增加了，她仍旧不是真正的"第一夫人"，只有宋美龄才是"永远的第一夫人"。

每逢圣诞节，士林官邸充满欢乐气氛，蒋介石与孙子戴着滑稽帽子一起玩玩具枪。

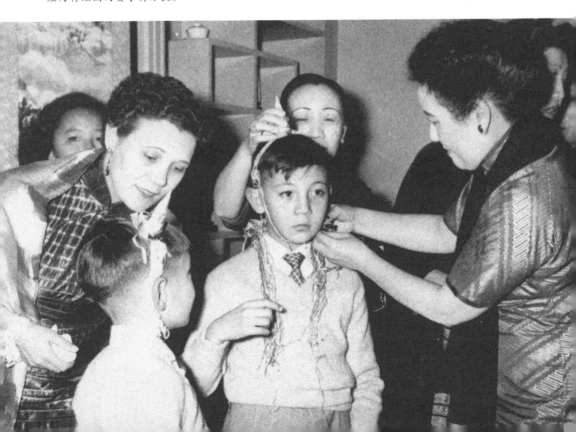

50年代，蒋氏家族在台北过圣诞节，洋气十足，宋美龄帮二孙子蒋孝武系圣诞帽。左为蒋经国的妻子蒋方良。

与孙女
秀章合影。

婚后的蒋经国夫妇留影。

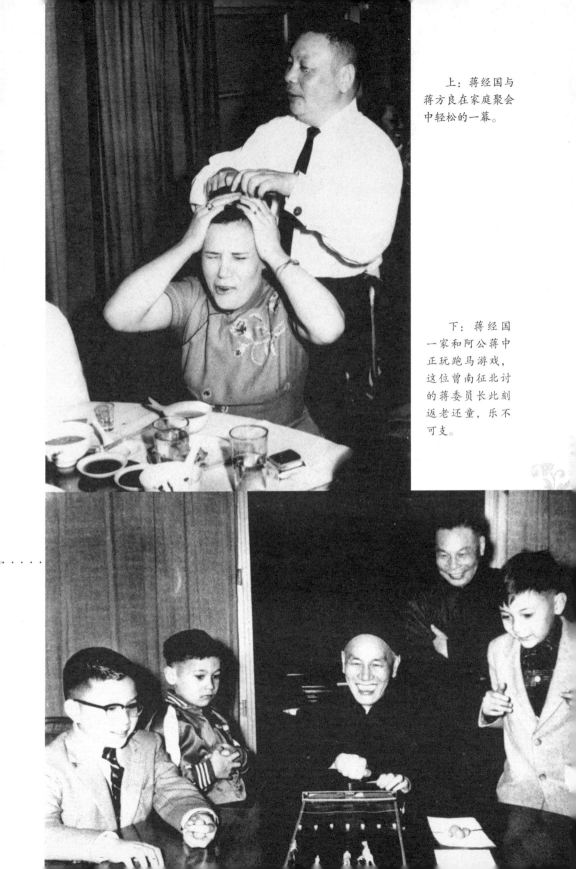

上：蒋经国与蒋方良在家庭聚会中轻松的一幕。

下：蒋经国一家和阿公蒋中正玩跑马游戏，这位曾南征北讨的蒋委员长此刻返老还童，乐不可支。

宋美龄在台湾的业余生活更多地倾注于各种各样的福利运动的推广与当局的恩泽的施行。这是宋美龄接待两位患小儿麻痹症的儿童，勉励他们勇敢创造人生。

　　1975 年 4 月 5 日蒋介石去世后，蒋经国已无所顾忌，他敢顶撞宋美龄，他不再需要她的意见，亦无法忍受她和孔家兄妹权充"后座司机"，他要独当一面，开创一个属于他自己的时代。蒋介石的私人医生熊丸说："先'总统'过世后，经国先生接任'总统'。当时他与夫人对外交的意见不一致。夫人便对经国先生说：'好，如果你坚持己见，那就全由你管，我就不管，我走了。'自此夫人便到美国纽约，一直都不回来。而经国先生的个性一直都很强，他决定的事情便一定要办到，所以也不大管夫人的意见。"

1962 年，胡适博士过世，宋美龄前往慰问胡适遗孀江冬秀女士。

胡适在离开大陆后，虽在人际沉浮的台湾只待了四年，却身体力行，自认为忠言直谏的书生，力争言论自由。1958 年，胡适应蒋介石之邀来台定居，并恢复最高学术单位"中央研究院"，出任院长。

宋美龄似乎并不在意胡适博士的博学，在意的是其影响力，她去看望胡先生遗孀，只是因为其蒋夫人的身份与一种象征。

宋庆龄是宋家惟一离经叛道的黑羊（black sheep）。1961 年 5 月 11 日毛泽东到上海宋寓看望宋庆龄。

1975 年 9 月 16 日中午，宋美龄搭乘"中美号"专机离台赴美，行前发表三千字的《书勉全体国人》。她说："近数年来，余迭遭家人丧故，先是姊夫庸之兄去世，子安弟、子文兄相继溘逝，前年霭龄大姐在美国病笃，其时'总统'多感不适，致迟迟未行，迨赶往则姊已弥留，无从诀别，手足之情，无可补赎，遗憾良深，国难家忧，接踵而至；两年前，余亦积渐染疾，但不遑自顾，盖因'总统'身体违和，医护惟恐稍有怠忽，衷心时刻不宁……如是几近两年，不意终于舍我而去，而余本身在长期强撑坚忍、勉抑悲痛之余，及今顿感身心俱乏，警觉却已患疾，急需医理。"

60 年代末期蒋宋夫妇合影。美国《国家地理》杂志说，已经 81 岁的蒋介石仍然渴望"打回大陆"，并称这张照片是一张"耐心等待的肖像"。

　　1978 年 3 月 21 日，蒋经国当选"中华民国第六任总统"以取代严家淦。宋美龄于 4 月 1 日致函蒋经国，表示因"深恐睹物生情，哀思蒋公不能自已"，而未克返台参加其就职典礼。1981 年 5 月 29 日，宋庆龄病逝北京，海峡两岸和美国媒体颇为注意宋美龄对二姐之丧是否有所表示，美国记者甚至跑到宋美龄居住的长岛蝗虫谷打听，皆不得要领。宋庆龄病笃期间，其二弟宋子良曾于 5 月 20 日自其纽约哈里森镇寓所致电慰问；宋子文的长女宋琼颐则于 6 月 2 日致电廖承志对二姑母之逝"深感哀痛"。香港杂志报道说，宋美龄于 5 月下旬获悉乃姊病重时，曾多次流泪，并祈祷上帝保护二姐。

蒋介石和装扮成西部牛仔的孙子孝武、孝勇漫步士林官邸草坪。

蒋家官邸生活一幕。宋美龄常与蒋介石对弈，据说宋的棋艺很高，每次都会使蒋介石陷入长考。

　　1994 年 9 月 8 日，宋美龄匆匆赶到台北探望肠癌末期且已神志不清的孔
二小姐，宋美龄停留 10 天即返美。两个月后，行事怪异、人缘极坏的孔二小
姐走完了人生旅途，她的姐姐孔令仪赴台奔丧，并请一名美籍遗体化妆师
专程赴台为孔二小姐化妆，遗体则运回纽约风可利夫墓园长眠。孔二小姐是
宋美龄最贴心的人，情同母女，她的死亡为宋美龄带来无限戚伤。

　　1995 年适逢二次大战结束 50 周年纪念，宋美龄应邀重返国会山庄接受
致敬，并发表简短谈话。此次华府之行使垂垂老去的宋美龄重温一场遥远的
旧梦。

少帅张学良偕妻子于凤至与蒋介石夫妇。1975年4月蒋介石去世，少帅的挽幛是："关怀之殷，情同骨肉；政见之争，宛若仇雠。"

左：1971年，蒋介石夫妇在"国庆"大会上。宋美龄虽非军人，但仍着军装出席，以彰显其身份，这也是蒋介石夫妇在台湾留下的最后一张标准宣传照。

左：1975年4月，蒋介石去世，灵柩前的十字架象征宋美龄对蒋介石的永恒追思。宋美龄在丧礼后以身心俱疲为理由，搭"中美号"专机赴美休养，后蒋经国接班态势明确，宋美龄逐渐淡出政坛。但其在台湾的政治影响力仍然很大。只是蒋经国与宋美龄其实内心早有芥蒂，但表面上，蒋经国对宋仍然心存敬畏，并要借重其影响力进行政治周旋，丝毫不敢大意。

右：蒋介石之丧，完成了蒋家老强人传位小强人的接班事业，宋美龄的影响力亦随之急遽滑落。

　　宋美龄于1975年9月移居纽约后，大部分时间住在孔祥熙所购置的长岛蝗虫谷巨宅，然因住宅靠海，每逢秋冬，寒气逼人，交通又不便，如遇大雪，顿成与世隔绝之孤岛。90年代后，宋美龄以曼哈顿上东城葛莱西广场一栋"盖有年矣"的老公寓9楼为家，这栋15层楼公寓面对公园、临近东河，住户包括挪威、新西兰和土耳其等国驻联合国大使，纽约市长住所葛莱西官邸即在左近，这里距哥大医院不远，看病方便，颇有闹中取静之优。一生在都市长大而又喜欢都市的宋美龄对这个仍具四五十年代风味的东河河边公园环境颇为满意，住在第五大道公寓的孔令仪和她的夫婿黄雄盛亦便于就近照顾她。

　　1975年4月5日，与宋美龄相守近50年的蒋介石逝世，宋美龄哀痛欲绝，必须在蒋经国与蒋纬国的搀扶下，才得以参加完奉厝大典。几个月后她即决定离开处处让她睹物思情的台湾，远赴美国隐居。

蒋介石遗体"暂厝"桃园慈湖。

称病去美国，声称不写回忆录

· · · · · · · · · · · · · · · · · · · · · · · · · · · · · · · · · · · · · ·

台北新公园举行飞虎将军陈纳德铜像落成典礼，由宋美龄亲自主持。居中者为陈香梅。

当年宋美龄主持中国空军时，曾经以月薪一千美元请来"长相酷似老鹰"的老飞行员陈纳德来中国担任空军顾问，因病而离开军职的陈纳德立即答应。抵达上海后，他似乎被宋所征服，他在日记上写下会见宋的印象："她将永远都是我的公主。"但其后，成为陈纳德永远的公主的却是陈香梅女士。1941年夏天，陈纳德筹组的美国志愿队成员陆续来华助战，飞虎队在中国土地上开始与日作战，并屡建功勋。陈纳德也成为中国人心目中的英雄。这座铜像是在陈纳德去世后，由宋美龄倡议竖立的。

1965年由杨英风所做的"飞虎将军"雕像在台北新公园揭幕，陈纳德遗孀陈香梅女士由美赴台参加设立仪式。

　　1965年，宋美龄访问美国，与尼克松夫妇重聚。宋每次出访似乎都蕴有某种深意，或者去与盟友解释台湾的一些政策，或者争得某种支持，蒋介石深明宋美龄在美国人心中的重要性，而宋自然也是屡有斩获。这次到访，似乎仍为取得军援而来。

　　接待宋美龄的尼克松曾两次到访台湾，但1972年，尼克松却正式到达大陆，宣布与中国建交。

　　1953年11月8日，美国副总统尼克松到台湾，代当时的总统艾森豪威尔致赠艾的照片给蒋介石。

这次访美宋美龄亦回母校探视，图为宋美龄与母校卫斯理安学院院长克莱普女士及学生谈话的情景。

　　蒋介石过世后，宋美龄就如同一株"失根的兰花"，在台北、纽约两地漂泊。其实，对一生浸润于荣华富贵和享受无上权力的宋美龄来说，住在哪里都一样，权力没有了，"吾土吾民"的观念也就淡了。尤其是像她这样一个在美国成长、受过完整美式教育的人，落户"新大陆"显然远比住在风风雨雨的台北还要舒适、愉快。台湾已非久留之地，何妨乘风远扬，终老异乡。

宋美龄访问纽约唐人街，这是她最后一次走访华府。

自从宋美龄于 1975 年 9 月 15 日搭乘"中美号"专机飞赴美国长岛蝗虫谷，开始她长达 26 年的隐居生活，有关她的一切似乎一下子就消散在遥远的大洋岸了。

1968年12月21日圣诞节前夕，宋美龄来到她一手创办的华兴小学跟孩子们问好。

　　对于1975年的那次赴美远行，许多外界人士有各种各样的猜测。其实，知道内情的人都知道，宋美龄此次去美国，主要的还是为了投亲靠友，毕竟，宋美龄与蒋介石持续了近半个世纪的婚姻，最大的缺憾似乎就是没有生养一男半女，孤身一人居住台湾所带来的种种不适，即使没人去说，大家也是心知肚明不愿捅破它罢了，其内情是显而易见的；另有一种说法是为了治病，当时纽约的《时报周刊》曾载文说，外界对宋美龄的病情有各种各样的说法，

肺结核病的外科治疗

人工气胸

胸廓成形术

宋美龄自己没有生育，但是却十分喜欢小孩，乐于与孩子为伍。这天她来到防痨展览会，听女学生们向她解说肺结核治疗的方法。

一是说她患有乳腺癌，一是说她得了严重的皮肤病，但据当时蒋介石的官邸侍卫透露，当年宋美龄虽然真的患了皮肤疾病，但没有外界所传扬的那么严重，只是在腰部得了一种麻症。既然人们纷传蒋夫人是因皮肤病所累，她干脆就势对外宣称要去美国治皮肤病。事实上，到了美国以后，宋美龄马上就住进医院接受了手术，不到一个月便病愈出院了。

宋美龄移居美国后，平时以作画来消磨岁月，她的画作据说很有功力，曾在台湾举办画展，更有人动议，建议宋氏将画展在大陆展出，但终未能成。

"中美号"专机自台北起飞后，并没有直接飞往美国，而是先在关岛稍作停歇，再到美国夏威夷、旧金山，最后才到达纽约。在纽约，飞机一降落，宋美龄所偕一行人马驱车直达目的地——长岛蝗虫谷。事实是，宋美龄在蝗虫谷的生活一直不很安定。在后来相当长的一段时间里，她曾数次往返于台、美之间，其间除了治病，最主要的还是陆陆续续地搬东西，绝大多数都是她的私人用品，来来回回，总共搬了 3 次才算搬完。仅 1991 年夏天，宋美龄最后一次离开台湾，一下子就搬走了 99 个大箱子。

1976 年 4 月 3 日，宋美龄返台参加蒋介石逝世周年纪念。当专机抵达国门，蒋经国即立刻登上飞机，亲自搀扶宋美龄走下阶梯。

213

　　宋美龄在蝗虫谷居住的这幢老房子很漂亮，赴美前两个月，她通过美国国家银行，从她的私人款项中拨出 120 万美元，专门用于房屋的修缮。这幢房子原先是孔祥熙家族的产业，而孔家没有后代在纽约，房子年久失修，实际上已经破败不堪了，经过一番花大力气的装修，终于显现出华贵原貌。这是一栋两层楼的西式建筑，一楼没有严格意义上的房间，只设餐厅、客厅和厨房，室外搭了一间专门用来晒太阳的玻璃棚，后来大家都称这间屋子为"太阳间"。二楼靠东侧的正房周围有 4 间套房，宋美龄就居住在其中一间。

左：这是宋美龄在90岁时由台湾著名摄影家董敏拍摄的一张照片。

据董敏称，这张照片摄于1987年，宋90岁。其时已好久没有照过相片，她以前的照片均由御用摄影师胡崇贤先生拍照，每次拍完后，均由蒋氏夫妇挑选后才可公布，其他人很难帮宋氏拍照。这次请董先生来拍照，缘于宋美龄某日与孔二小姐看到的董敏拍的一组片子，觉得这个摄影师不错，就把他请到了台北士林官邸，要他为她们拍一批照片。

董敏原以为是为宋氏拍什么全家福之类的照片，就带上相机乘坐派来接他的专车进入士林官邸，宋的副官出来打招呼说，夫人有30年没有正式拍照片了，请他务必拍好。由于没有带拍人物照片的专用镜头，董很有些紧张，不安地等待着宋的到来。

很快，宋由副官和护士扶着走了出来。据说，因为1969年阳明山车祸，给她留下了严重的后遗症，导致腿部旧伤经常复发，所以，她行走需要随从和护士协助。为拍照，宋美龄这天穿了件黑旗袍，看上去非常精神，不像个九旬老人。宋美龄虽养尊处优，雍容华贵，但时间在她的身上还是留下了痕迹。在董敏为宋拍个人照片之前，孔二小姐十分担心宋美龄脸部肌肉拍得太松，所以再三向董交代，要拍得好看一点。

董在拍摄时，无意中发现宋的口红擦到嘴唇外边去了，画眉毛似乎也把眉线折断了，大概是宋自己化的妆，老人四肢不灵活，很容易发抖，所以化妆的时候把口红与眉线画得不整齐。董敏想说出来，后来考虑到反正拍完照片还得修底片，于是，就悄然拍了下来。

董敏回去后，花费了很大功夫，把宋照片口红不整齐、眉线断的地方以及脸部肌肉松弛明显的部位做了修整，最后，终于不负孔二小姐所托，让宋比较满意。

这次为宋美龄拍照的事，一直到1994年宋从美国专程回到台湾探望病重的孔二小姐时，才被披露，并把当时宋美龄与孔家兄妹的照片公之于众。

右：宋美龄于1975年9月移居纽约后，大部分时间住在孔祥熙所购置的长岛螳虫谷巨宅，然因靠海，每逢秋冬，寒气逼人，交通又不便，如遇大雪，顿成与世隔绝之地。90年代后，宋美龄以曼哈顿84街靠近东河的葛莱西广场（Gracie Square）10号9楼公寓为家，这栋15层楼公寓面对公园，颇有闹中取静之优，宋美龄很满意，住在第五大道公寓的孔令仪和她的夫婿黄雄盛亦便于就近照顾她。这栋红砖老建筑就是宋美龄静度生命黄昏的所在。

据说，整个蝗虫谷的孔家宅地共占地 34 英亩，拥有如此之大的住宅基地，就是在美国本土居民中也很少见，足见这位国民党财政部长有多"气派"！这栋房子的四周都是参天大树，坐落在毗临郊区的地方；每逢大雪纷飞之日，出入就显得不很方便了。每到这种时候，宋美龄手下的人便不必忙于操持事务了，每天只是值值班，搞一搞内务卫生这类的小事即可。两位汽车司机的工作也很简单，只需带着厨师外出买点每餐必需的素菜等，就算完成任务了。

宋美龄 1975 年离开台湾去美国时，总共带了二十五六个随从人员。但这些人并不是宋美龄自己点名要的，而是蒋经国通过台湾当局"内务部"直接派去给她的。除了这些随员之外，宋美龄从原先的侍卫人员中，又挑出自己最得力的几个人，其中还包括专门给她缝制旗袍的裁缝师傅张瑞香。

1995 年底，因为蝗虫谷老房子的条件所限，尽管很不愿意，但宋美龄还是不得不搬了出来，现在她居住在纽约 84 大街的寓所，一切设施都很齐全，她身边长年伴随的警卫、侍从只有 6 个人，负责她的饮食起居和安全保卫工作；从 60 年代初期就跟随她的一位老妈子，也早在 1993 年去世了，一切后事都是宋美龄出钱替她操办的，并在美国替她买了一块墓地。

宋美龄的贴身侍从钟爱民回忆说：大家一到蝗虫谷的第二天，所有侍从和警卫人员都参与了房子的大扫除。结果整个大扫除的过程断断续续搞了近两个月，光那个宽大的地下仓库就足足花去了半个月时间。

在清扫过程中人们发现，这个孔家的大仓库里东西应有尽有，就连一些想不到的东西也有，甚至还有几箱枪支弹药，有 1937 年蒋介石写给孔祥熙的一封请求给予经济援助的手写亲笔信，有数不清的字画收藏，包括国画和西洋油画……所有的东西收集起来，多到无法清理的程度，十几个侍从忙了整整一个星期，怎么整理都整理不完。结果在宋美龄的授意之下，钟爱民找来几个警卫，干脆放一把火把那堆字画连同蒋介石写的那封信一齐烧掉了。

这天下午，侍从们正在远处的火堆旁烧那堆字画，刚好被宋美龄从楼上的阳台上看见，她问身边的钟爱民："他们在烧什么呀？"钟爱民说："正烧那些字画哪，这不全是您的意思吗？我也帮着烧了不少！"

宋美龄急忙让钟爱民搀扶着来到火堆旁，打开那些画稿细细一看，心有不忍地说："这些都是我画的呀。"沉吟了一会儿她又深深叹息，"也好，烧就烧了吧，这样我就可以专心作画了。"

事实上，自进入老年以后，只要没有特殊情况，宋美龄每天都坚持作画，即使在美国也没有间断。但创作完成的画品绝不出售，也不会拿出来送友赠朋，只是画完后交给侍从人员保管起来，多年来她从未改变过这一原则。

尽管已入耄耋之年，平时，宋美龄还是像年轻时一样，很喜欢驾车外出兜风，大约每星期都要叫上自己的这班随从到外面去兜风。每次出门就是好几辆汽车。尽管宋美龄自己会开车，但却很少亲自握方向盘，而是让司机把车开到很远的地方，把大家带到郊外的公园，这时她便掏钱请大家吃冰淇淋。说是请"大家吃"，其实侍从们都知道，宋美龄本人就很喜欢吃冰淇淋。

宋美龄平时的作息很有规律。因为在美国的日子过得较悠闲，每日里的作画、读书时间一般不会超过2小时。晚上看一小会儿电视，或弹半小时钢琴，或跟侍从们聊聊天，了解一点外面的传闻。她一般睡得都比较晚，最早也在11点以后才上床，第二天最早也不会在9点以前起床。早餐前她必须进行祈祷。而在饮食上，她从没有额外的要求，但每天必须就餐5次，每一次进餐也只吃五分饱，即使再喜欢吃，也绝不贪食。

其实宋美龄学会作画、写字、弹钢琴的时间并不早，说起这些，也是有一段来历的。1949年，她随蒋介石从大陆来到台湾。曾经有一段时间她感到寂寞难耐，于是开始学起钢琴来，1950年则开始跟着黄君璧学画国画，临帖练书法，从此以后就再也没间断过。在台湾时期的宋美龄惟一的嗜好就是吸烟，蒋介石生前也多次劝她戒烟，但都未戒成。蒋介石去世以后，她下定决心把吸了60多年的烟戒掉了。

宋美龄住在长岛蝗虫谷时，常常是纽约、长岛两头跑，毕竟蝗虫谷地处乡下，与市内的交通很不方便，冬天常常大雪封路，有事要到纽约去办就要费很大的周折。为了减少一些麻烦，宋美龄最后索性把蝗虫谷的别墅卖掉，偕同大家一齐搬到纽约居住。

　　说起纽约著名的84大街，凡是去过美国的中国人几乎无人不知。但要提起坐落在84大街东河的"葛莱西"官邸，也许知道的人就不多了。据了解这里的人描述，从大楼的外表看，并没有什么特别，它只是一栋15层高的普通公寓，宋美龄和她的侍从们分别住在9层、10层。公寓的正面对着公园，紧邻宽阔的纽约东河，距离纽约市中心的各大医院也很近。

　　宋美龄自搬到这里以后，作息时间基本保持原样不动。照样爱坐车兜风，照样爱吃各种水果味的冰淇淋。偶尔也由侍从陪伴着到附近一栋公寓的小医院里治疗牙齿或眼睛。据跟随着她的侍卫人员对外透露，宋美龄的牙齿都很健康，至多只补过几颗牙；直到那时，宋美龄的头发还没有全白，尽管比当年稀疏了一些，但她的黑发仍能长到腰际。

　　一般来说，宋美龄绝大多数时间都窝在10楼，很少会到9楼来，因为每下楼一次都很麻烦，必须化妆、梳头，至少要花去一两个小时。这与宋美龄的生活习惯不无关系，她始终坚守自己的两个着装原则：第一，没化好妆、梳好头，她是绝对不会下楼或是出门见其他人的；第二，她只要出门，一定要穿着长及脚踝的中式旗袍。

　　一位曾在蝗虫谷跟随过宋美龄的侍从回忆说，2000年农历春节前夕，他曾经提着两罐乌龙茶（这是宋美龄最爱喝的一种茶）去"葛莱西"官邸探望她，却不被允许进门。前来接待他的宋美龄秘书，塞给他200块钱。这位秘书对他说："老夫人不方便见客。"这位原侍从想了想，觉得也是。若为了与一名侍从见一面，又是化妆又是梳头的，还真是太麻烦她了，又不是什么大人物！据知情人了解，宋美龄现在大部分时间都在床上躺着，偶尔下床活动也不走出屋子，整个人也胖了许多。

据宋美龄当年在台湾时的一位私人医生回忆：在宋美龄身上，真正出现老态的时间并不晚，早在她 74 岁左右动作上就已经开始显得不太灵便了，也就是从那个时候起，便开始坐起了轮椅。这位医生还回忆说，她的记忆力已经明显开始衰退。那年回台湾参加蒋经国的葬礼，一些往日的侍卫、随从前往她下榻的阳明山别墅探望，宋美龄见到大家时，怎么也想不起谁是谁了。这位医生分析宋美龄的长寿秘诀，归纳起来也许有以下几点：第一，她有较为虔诚的宗教信仰，万事容易想得开；第二，她的晚年生活几乎没有什么压力，随遇而安；第三，据周围随员透露，她很喜欢让人替她敲敲膝盖、揉揉肩膀、捏捏脚掌等部位，长年来也养成了一种习惯，这样可以促进血液循环；第四，宋美龄很注重饮食质量，少食多餐。虽然她比较喜欢吃一些较硬的食物，但总体上不会影响她的消化，每餐两荤、两素，但无论食物多么丰盛可口，每次她也只吃一点点。这些可能也是她长寿的原因。

几封公开信，激荡两岸潮

国民党离开大陆困守台湾的初期，曾派低阶官员与中共代表在香港会晤，但此事高度隐秘，且昙花一现。而1982年的一次政治对话，在海内外造成相当大的震荡，主角却是后介入的宋美龄。

　　1982年7月24日，全国人大常委会副委员长廖承志发表致台湾领导人蒋经国的公开信。由于言词恳切，而且掺了廖家与蒋家的世交之情，立即广受海内外瞩目，台湾报刊亦全文转载。为了详述相关过程，以下再节录廖文之要点。

"经国吾弟：咫尺之隔，竟成海天之遥。南京匆匆一晤，瞬逾三十六载。幼时同袍，苏京把晤，往事历历在目。惟长年未通音问，此诚憾事。近闻政躬违和，深为悬念，人过七旬，多有病痛。至盼擅自珍摄。三年以来，我党一再倡议贵我两党举行谈判，同捐前嫌，共竟祖国统一大业。惟弟一再声言'不接触、不谈判、不妥协'，余期期以为不可。世交情深，于公于私，理当进言，敬希荃察。祖国和平统一，乃千秋功业，台湾终必回归祖国，早日解决对各方有利。台湾同胞可安居乐业，两岸各族人民可解骨肉分离之痛，……吾弟尝以'计利当计天下利，求名应求万世名'自勉，倘能于吾弟手中成此伟业，必为举国尊敬，世人推崇，名留青史。所谓'罪人'之谈，实相悖谬。局促东隅，终非久计。明若吾弟，自当了然。如迁延不决，或委之异日，不仅徒生困扰，吾弟亦将难辞其咎。……评价历史，展望未来，应天下为公，以国家民族利益为最高原则，何发党私之论！至于'以三民主义统一中国'云云，识者皆以为太不现实，未免自欺欺人，三民主义之真谛，吾辈深知，毋须争辩。所谓台湾'经济繁荣、社会民主、民生乐利'等等，在台诸公，心中有数，亦毋赘言。……吾弟一生坎坷，决非命运安排，一切操之在己。千秋功罪，系于一念之间。当今国际风云变幻莫测，台湾上下众议纷纭岁月不居，来日苦短，夜长梦多，时不我与。盼弟善为抉择。'寥廓海天，不归何待？'人到高年，愈加怀旧，如弟方便，余当束装就道，前往台北探望，并面临诸长辈教益。'度尽劫波兄弟在，相逢一笑泯恩仇'。遥望南天，不禁神驰，书不尽言，诸希珍重。老夫人前请代为问安。方良、纬国及诸侄不一。"

廖承志之文确实令人印象深刻。一来他是用文言文写的，在倡导了数十年的"工农兵文学"之后，突然出现此复古风，确实罕见。二来廖承志行文不仅展现共产党强大的政治力量，也以兄长的口吻对蒋经国鼓励、劝慰和训斥，相当有力量。廖家与蒋家的渊源深厚。黄埔军校成立时，蒋介石任校长，廖承志之父廖仲恺为国民党代表，母亲何香凝为国民党中央委员。蒋介石与廖仲恺同为孙中山手下重要干部，不过孙中山过世后，国民党出现左右之争，廖仲恺遭右翼分子杀害，何香凝相信蒋为幕后主使，此后双方表面上虽为同志，但实存心结。廖、蒋两家后代虽有往来，但恩怨情仇难解。廖承志致蒋经国的公开信虽是以个人名义，实际上代表的是中共中央。

从 1949 年以来，国民党面对任何来自中共的声明，均表现如一块顽石，不是充耳不闻，就是放声谩骂一番。尤其在革命的年代，一边说对方是"蒋帮"，一边说对方是"共匪"，海峡上空一片骂声，形同今天台湾社会所说的"口水战"。于今中共中央改走温情路线，软中带硬，硬中带软，可蒋经国依然如同一块纹丝不动的石头，毫无反应。他已清楚地界定对中共的政策是"三不"，不接触、不谈判、不妥协。只要他不动，台湾就没有人敢动。

没想到 8 月 17 日，廖文中所称的"老夫人"，即远在美国的宋美龄竟不请自来地发一公开回函，开口便称"承志世侄"；换句话说，廖承志以兄长之名写信给蒋经国，半开导半训斥，蒋经国默不作声，宋美龄却反过来以长辈之名，对廖承志数说了一番，而且口气不小。宋美龄说：

"余阅及世侄电函，本可一笑置之，但念及五十六七年前事，世侄尚属稚年，此中真情肯綮，殊多隔阂。余与令尊仲恺先生及令堂廖夫人，曩昔在广州大元帅府，得曾相识，嗣后，我总理在平病况陡危，甫值悍匪孙美瑶在临城绑劫蓝钢车案后，津浦铁路中断，大沽口并已封港，乃只得与大姊孔夫人绕道买棹先至青岛，由胶济路北上转平。时逢祁寒，车厢既无暖气，又无膳食饮料，车上水喉均已冰冻，车到北平前门车站，周身既抖且僵，离沪时即知途程艰难，其至何时或可否能如期到达目的地，均难逆料，而所以赶往者，乃与总理之感情，期能有所相助之处，更予二家姐孙夫人精神上之奥援，于此时期中，在铁狮子胡同，与令堂朝夕相接，其足令余钦佩者，乃令堂对总理之三民主义，救国宏图，娓娓道来，令余惊讶不已。盖我国民党人，固知

推翻满清，改革腐陈，大不乏人，但一位从未浸受西方教育之中国女子而能了解西方传来之民主意识，在五十年前实所罕见，余认为其为一位真正不可多得之三民主义信徒也。再者，令尊仲恺先生乃我黄埔军校之党代表，夫黄埔乃我总理因宅心仁厚，但经多次浇漓经验，痛感投机分子之军不可恃，决心手创此一培养革命精锐武力之军校，并将此尚待萌芽之革命军人魂，交付二人，即是将校长之职，委以先总统（作者按，即指蒋介石），以灌输革命理想，予党代表委诸令尊，其遴选之审慎，自不待言。"追溯蒋、廖两家世交渊源后，宋美龄继续写道，"观诸黄埔以后成效，如首先弭平陈炯明骁将林虎、洪兆麟后，得统一广东。接着以北伐进度之神速，令国民革命军军誉鹊起，

蒋经国与宋美龄的母子之情似乎随着岁月越来越为坚固、自然。图为1968年5月10日台湾三军总医院开幕时，由当时任"国防部长"的蒋经国夫妇陪同，前往参观并主持开幕仪式；蒋经国一手搀扶着刚由美治病返台的宋美龄，的确颇有儿子对母亲的小心恭谨。

威震全国，犹忆在北伐军总司令出发前夕，余与孙夫人、大兄子文先生等参加黄埔阅兵典礼，先总统向学生训话时，再次称许廖党代表对本党之勋猷（此时廖先生已不幸遭凶物故，世侄虽未及冠，已能体会失怙之痛矣）。"

走笔至此，宋美龄话锋一转，她说："在所谓'文化大革命'斗臭斗垮时期，闻世侄亦被列入斗争对象，虎口余生，亦云不幸之大幸，世侄或正以此认为聊可自慰。"文章末尾，宋美龄不仅再拉高自己老资格的口吻，甚至以一段往事对廖摆出恩人的姿态。她说："世侄万籁俱寂时，谅亦曾自忖一生，波劫重重，抗战前后，若非先总统怀仁念旧，则世侄何能脱囹圄之厄，生命之忧，致尚希冀三次合作，岂非梦呓？又岂不明黄台之瓜不堪三摘之至理耶？"根据史料，1928年，廖承志加入中国共产党，后转赴苏联。1932年，廖在上海活动遭国民党特务逮捕，其母何香凝四处奔走国民党元老，力求保释独子，后蒋介石顾及党内反应下令释放廖承志。抗战中期，廖承志任南方局第一书记，时又遭被捕，何香凝立刻由香港偕同廖妻手抱幼子，赶赴广东韶关，求情未果。不久，廖承志被解往重庆监禁，蒋介石经多重考量，再予释放。宋美龄的公开回函在海外华人社会掀起相当的波澜。其一宋美龄也用文言文书写，甚至还有卖弄国学之嫌，使用一些近似失传的艰涩字眼，还自行加上批注。再者，这篇信函不仅表达了鲜明的政治立场，而且涉及蒋廖两家往来的内情，如同观赏朱门恩怨，引人入胜。

宋文既出，海外人士似乎又把目光转回廖承志，看他是否会再透露一些精彩的故事。台湾方面，蒋经国仍一言不语，不过据其身边的人事后说，蒋经国并不高兴，因为这违反了他坚定不移的"三不政策"，进行了政治对话。不过台湾媒体倒是很兴奋，有宋美龄这样一位老太太带头冲锋陷阵，炮火又是如此猛烈，难免一片叫好之声，尤其顺着宋美龄老资格的过去，再挖出一些陈年往事，以取得某种心理的优势。至于中共方面，宋美龄的公开信多少令人错愕，预料之外。廖承志致蒋经国的公开书掺着家庭伦理的色彩，宋美龄再以长辈的身份出面训话，如此再扯下去必会沦落至泼妇骂街的水平，并使世人将注意力焦点由神圣的民族统一大业转移至一场不可置信的政治肥皂剧。此外，蒋经国才是台湾真正的当权者，是真正统战的对象，宋美龄自蒋介石过世后即识时务地赴美休养，以免干扰蒋经国的权力运作。没想到此时

宋美龄竟主动发出议论，从各个角度来看，中共中央都不可能做出响应。此事到此了结。但宋美龄却认为自己棋高一着，因为到了1984年2月，她兴致不减又写了一封"致邓颖超公开信"，不过这封信无论内容或文采均不如上一封，在收不到任何响应的情况下，只能就此落幕。

蒋经国故世，宋美龄从历史转折点败下阵来

　　1988年7月，国民党召开十三全会，宋美龄再回台湾，发表了著名的"老干新枝"演说。就在此次会上，宋美龄当场表示不会反对由台湾人接任"中华民国总统"，作为蒋家最后的大家长，宣布了蒋家最后的退场，但也埋下了"台独"上台的苦果。

1988 年 1 月 13 日，蒋经国在无预警的状况下死去，台湾政坛顿时山雨欲来。虽然李登辉以"副总统"的身份宣誓继任"总统"，但明眼人都知道，谁当国民党主席，才是真正的掌权关键。就在这个关键时刻，宋美龄写了封信给当时的国民党秘书长李焕，表示党内对李登辉续任主席有疑虑，建议恢复"中常委"的集体领导模式，台湾政坛顿起风暴。早在 1969 年 7 月的阳明山车祸后，蒋介石与宋美龄的身体就一直不如以往，1970 年 71 岁的宋美龄赴美进行了乳癌切除手术，1975 年 4 月 5 日，蒋介石逝世，宋美龄在丧礼后以身心俱疲为理由，搭乘"中美号"专机赴美休养。加上蒋经国接班态势明确，宋美龄逐渐淡出政坛。

即便经常在美停留，宋美龄在台湾的影响力仍很大，蒋介石的故臣更有许多与宋美龄关系密切。一度有孔家人士在严家淦继任"总统"时提议，以宋美龄接任国民党总裁的方式，度过蒋介石过世所暂时产生的权力真空，遭宋美龄拒绝。蒋经国一直对宋美龄执礼甚恭，丝毫不敢大意。1978 年 5 月，蒋经国正式接任"总统"，宋美龄以惟恐睹物伤情为由，没有回台参加蒋经国的"就职典礼"。返台参加蒋介石百岁冥诞之际，陆续发表长文"我将再起""所思所感"，被外界解读为宋美龄仍有志于政坛的呼风唤雨，她已是年近九十的老人了。

蒋经国在世时，力促台湾走向民主化的道路，限制自己亲友掌权的可能，晚年还说，蒋家不会再有人选"总统"。一直深感政坛发展不如意的蒋纬国，更一度高唱"哥哥爸爸真伟大"作为自伤讽人的手段。蒋经国在选定的接班

人孙运璇中风后，提拔本省籍、出身农业系统的留美学者李登辉出任"副总统"，提拔多位台籍精英与经济官僚系统，蒋经国摆明了要来一场不同于传统宫廷斗争的接班设计。

不过蒋经国过世后，国民党主席问题变成烫手山芋。当时担任国民党中评委主席的宋美龄，按照党的制度，由"党国大老"陈立夫转达希望维持集体领导的意见。让秘书长李焕、台湾当局"行政院长"俞国华伤透了脑筋，迟迟不敢作决定，虽然蒋经国的这几位顾命大臣商定推举李登辉担任主席的提案，就在中常会的前一天，蒋经国的三子蒋孝勇致电俞国华，传达宋美龄的意旨，劝告俞国华等人不能提出由李登辉任代理主席的提案。

美国等各方势力，对国民党接班问题高度重视。赵少康等国民党新生代"立法委员"，更是要求党内循民主程序尽快让李登辉接任代理主席。没想到在中常会中，原本应该领衔提案的俞国华迟迟没有动静，夫人派颇有占上风的气势，时任国民党副秘书长、青壮派精英宋楚瑜发挥了"临门一脚"的功力，当场力斥国民党迟迟不处理代理主席问题有悖民意与民主原则，严正抗议并立即退席，会议主席俞国华下不了台，只有无异议鼓掌通过李登辉代理主席案。宋楚瑜从此成为李系人马的肱股大臣。

　　一击不中，宋美龄也了解到时不我予，蒋家逐渐淡出政坛的时刻已到。因此身为蒋家大家长，宋美龄选择了美国作为她晚年静养之地。就在李登辉顺利接任代理主席的当天下午，据闻宋美龄接见了由蒋纬国、宋楚瑜领来求见的李登辉，李登辉发挥了"副总统"时代著名的 90 度鞠躬攻势。而宋美龄当场就表示，她不会反对由台湾人接任"中华民国总统"。1988 年 7 月，国民党召开十三全会，宋美龄发表了著名的"老干新枝"演说，强调"国家"需要创新却不能忘旧，更不能忘本，国民党更要留意薪火相传的问题，普遍被外界解读为蒋家退出政坛的宣言，强调蒋家对国家的贡献，即便时代更替，台湾人民也不应该忘了蒋家过去的努力。

宋美龄赴美就医不得闲，通关礼遇惹争议

逐渐崛起的党外势力更把宋美龄当作国民党旧势力图腾，千方百计打击。在诸多纷扰中，宋美龄始终不声不响地笑对众人怒指，呈现出一股独特的贵族气质，只是在纷扰的台湾社会中，蒋家已然时不我予了。

1989年底，李登辉已决定让郝柏村由掌握军队实权的"参谋总长"，转任主掌国防政策的"国防部长"，但郝柏村不表态支持或拒绝，最后争议闹到了宋美龄面前。据了解，宋美龄在听过郝柏村的难处后，亲自面见了李登辉，两人用英文交谈多时，两人会谈后，宋美龄还用两封英文信致函李登辉，李登辉也把这两封信件封存在"总统"档案中。虽然郝柏村终究转任"国防部长"并在"行政院长"任内与李登辉不和而黯然下台，但是宋美龄当时对李登辉的影响力与压力却从此可见一斑。

1991年9月，94岁的宋美龄决定出境休养，与随同一行人，搭乘华航公司准备的专机前往纽约，当时的"总统"李登辉、"副总统"李元簇夫妇均亲往送机。

宋美龄刚离台，民进党籍的监察委员林纯子就开始调查宋美龄租用华航专机是否涉及公器私用或是违法，华航是"国营"事业，提供包机是否有图利他人的嫌疑？林纯子跟着也调查蒋介石与宋美龄的士林官邸，是否产生占用台北市政府地产的问题，民进党台北市议员从旁配合，力闯宪兵把守的士林官邸要求探勘，更提案要求台北市政府收回用地。

甚至宋美龄为了表示不再留恋，赴美时带去所有的私人用品，也被质疑者指控是卷带国宝出境，由于总计约有97箱行李，一度被媒体批评成"香港有九七大限，夫人带走的行李则是九七大件"，虽然事后相关人员证实，这些行李箱里不过是宋美龄自用的衣料、旗袍、日用品、家具、杂物，甚或最多是些个人的书画、摆设的收藏品，但也反映出当时台湾社会的动荡与分歧。蒋家的大家长走了，从此宋美龄长期停留在纽约长岛蝗虫谷的住宅。

民进党还指责宋美龄赴美时由于未具"国家第一夫人"身份，但随行12人却获台湾当局"外交部""外交公务"护照的违法问题，宋美龄专机起飞的松山机场属于军民共享机场，也被认为提供仅具平民身份的宋美龄礼遇起降滥用核可权，甚至随后在台湾掀起一连串的"二二八事件"翻案风中，都不可避免地会把宋美龄当作针对性目标。例如包括当时的政治受难者、知名的学者瞿海源就曾建议，"二二八事件"起因自国民党的政策错误，因此应制定"法例"，让家属能够得到合理数额的赔偿金，至于这笔经费的来源，则可以从国民党，甚或蒋介石、宋美龄的家族财产来支付。

1994 年 9 月，替宋美龄掌理妇联会业务的"孔二小姐"孔令伟因为直肠癌住院，宋美龄也迅速自美返台，探望与她最亲的这位外甥女。李登辉夫妇等人行礼如仪地前往桃园中正机场接机。这次返台，宋美龄一行人已经低调许多，只是包下华航的头等舱。但即便如此，大批民进党人士与地下电台的支持者，还是打着包围机场的口号打算前往冲撞，台湾警方出动了大批镇暴警察才稳住局面。宋美龄在台湾住了约一个星期返回美国。孔令伟在同年 11 月病逝台北，随后遗体运往美国纽约安葬，伤心的宋美龄此后再没有回过台湾。

二战胜利五十年，宋美龄在美重拾风光

1995 年正逢联合国成立 50 周年，50 多年前，宋美龄以出众的风度气质、流利的外语亲往美国国会与各大城市演说，要求协助中国抗战而引起轰动。因此美国会议员有意藉纪念二次大战与联合国成立的机会，重邀宋美龄到国会演说，无疑颇有"遥想公瑾当年"，让人重温宋美龄国会演说的味道。偏偏打着"务实外交"旗帜的李登辉，也排定于当年重访美国母校康乃迪克大学，两股势力的撞击，不但让台湾官方居间处理得相当尴尬，也使宋美龄这场历史性演说失色不少。

　　台湾"外交部"一开始就定位，宋美龄的演说仅限于美国方面纪念性地向二次大战仅存的重要政治人物宋美龄致敬。民进党"立委"江鹏坚、颜锦福更以质疑的角度指出，宋美龄已经是过去式人物，更曾造成国民党内纷争，因此无法代表全部的台湾人民，甚至还质疑宋美龄可能藉演说到美国"告洋状"，对台湾也未必有利。台湾当局"外交部"随后也正式表示，美国国会计划为宋美龄举办欢迎会，起源自部分旅居华盛顿的华裔人士希望藉庆祝联合国 50 周年的机会向宋美龄表达敬意。无须太多的政治联想。

　　1995 年 6 月 8 日，李登辉抵美，随即指派幕僚致送两打红玫瑰给宋美龄致意。宋美龄在 7 月 26 日于国会议员致敬酒会中发表演说，稍后前往台湾

在华府的据点——双橡园，接受 600 多名侨胞与台湾政界人士的欢迎酒会。

　　宋美龄在这场充满历史回忆的演说中，表达了美国已经是她的第二故乡，而她也衷心感谢美方在二次大战期间，对中国的物资与精神援助，她也强调中国人民将会一直是美国人民的良好伙伴。比起过往的呼风唤雨、掷地有声，年近百岁的宋美龄的确已然伫足在历史的过往中，虽然面对了中国方面的抗议，以及台湾当局的低调以对，宋美龄在政坛上再扬一次尘埃。

拗不过政治考量，两蒋灵寝终究根留台湾

纽约曼哈顿葛莱西广场 10 号门口，宋美龄住第九楼。

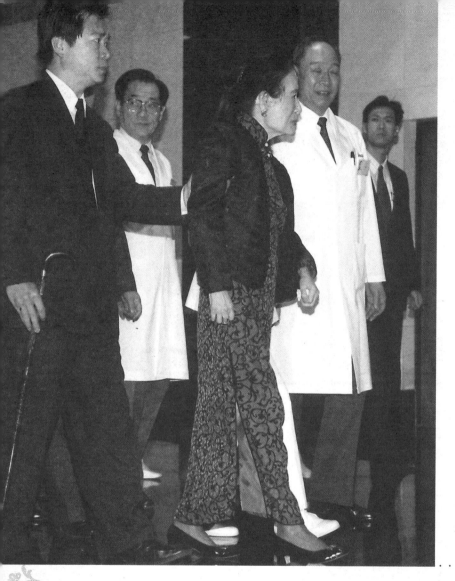

1994年9月，替宋美龄在台湾掌理"妇联会"业务的孔二小姐孔令伟因为直肠癌住院，宋迅速自美返台，探望与她最亲的这位外甥女。这次返台，宋一行人低调许多，只是包下华航的头等舱。但即便如此，由于之前宋美龄在离台时，曾因运走许多东西与获"外交"公务护照等问题引起反弹，大批民进党人士还是打着包围机场的口号打算前往冲撞，当局出动了大批镇暴警察才稳住局面。宋美龄在台湾住了约一个星期返回美国。孔令伟在同年11月病逝台北，随后遗体运往美国纽约安葬，伤心的宋美龄此后再没有回过台湾。

20世纪90年代末期，蒋家的男性陆续过世，宋美龄饱受白发人送黑发人的悲哀，不但让人唏嘘，是否两蒋的灵寝从未入土为安，触犯了风水摆设上的大忌，也成了街头巷尾讨论的焦点话题，以及蒋家念兹在兹的问题。

宋美龄与垂垂老去的孔令侃（右）、孔令伟，1987年农历春节于士林官邸合影。

风波来自蒋纬国的提议与顾虑，由于当时两岸关系和缓，蒋家第三代纷纷私下前往大陆探亲祭祖。对岸对蒋家的疑虑也已逐渐降低。蒋纬国与蒋孝勇在医院病房间的比床而住，就意外衍生出这个争议来。蒋纬国当初表示，宋美龄曾与孙执辈谈到百年之后葬于何处，要看蒋介石灵寝如何"奉安"而定，如果蒋介石能葬于南京中山陵附近的紫霞湖，她则希望能葬在上海的宋氏墓园；如果中共不许，只让蒋介石归葬浙江奉化，她则愿意与蒋介石一同下葬。

蒋家有意移灵，让国民党当局难堪。从李登辉正式掌权以来，各种质疑他暗中大搞"台独"的批评不断，如果两蒋的灵寝真的回到大陆，无疑否定了国民党统治的正当性，让人质疑国民党政权是否已然质变。国民党希望蒋氏遗族打消原意，更成立了"两蒋移灵小组"，成员包括俞国华、李焕、蒋彦士、辜振甫、马树礼、宋楚瑜等与蒋家交情深厚人士，就是希望封杀这个构想。宋楚瑜以蒋经国亲信的身份表示，蒋经国如在地下有知，也希望能留在台湾。蒋经国私生子章孝严也表示，两蒋与台湾同胞已经结成一体，目前不宜处理"奉安"事宜。蒋彦士当时则表示，移灵属于"国家大事"，不一定能以家属的意见为重。建议移灵的人士以蒋纬国为主，蒋彦士甚至说，他认为宋美龄对此不一定知道。蒋纬国立即反驳，虽然未必是"奉安"的好时机，但说宋美龄对这个问题不知道，"真是没有良心"，因为宋美龄也同意移灵的事。蒋纬国也表示，树高千丈，终究要落叶归根，当初两蒋暂厝灵寝，也是为了日后"奉安"大陆，因此时机可以选择，却要及早规划。只是相较于蒋孝勇拒绝与国民党当权派讨论对案，蒋纬国则主张两蒋先行"国葬"，并

展开与大陆方面的交涉。

蒋孝勇当时则坦白地说，中国国民党已经变质，他反而不能排除被自己人鞭尸的可能，他对国民党不尊重蒋家，把"奉安"问题泛政治化的动作感到不满，他表示，因为对他而言，"奉安"未必非要"国葬"的肯定，即使未来由国民党的名义安葬蒋介石于南京，也未必是不能接受的事。至于蒋经国的部分，他则希望尽自己的孝道，由子女安葬在奉化老家。蒋孝勇稍后转达了宋美龄关于"奉安"问题的三点原则，包括不要凡事比照孙中山的前例，不要强调"国葬"，由于两岸各有立场，所以暂时不该处理，也就是无须进行"国葬"、入土，维持原先暂厝的状态。他甚至情绪化地说，如把两蒋下

葬后再挖出来迁葬，与挖祖坟也没有什么两样。

　　国民党则一口咬定，要待国家统一后，才是移灵的好时机，同时担心中共无法给予两蒋适当的礼遇。国民党最后承诺，加强两蒋护卫灵寝的兵力配置，化解家属对台湾部分人士打算刻意污辱、毁损灵寝的疑虑，但"奉安"的行动却是此时不宜。毕竟情势比人强，蒋纬国也只能服从国民党的决议，人在海外的宋美龄在接受关于风水与人道考量的连番劝说后，则通过签署同意书的方式表示，同意两蒋先行"奉安"台湾的想法。尤其在蒋纬国、蒋孝勇同样因病过世之后，对宋美龄的打击更大，相关争议在台湾社会终于也不再起波澜。宋美龄稍后也通过在美照料生活的侄女孔令仪对外表示，包括蒋纬国在内的蒋、孔、宋家人物，在大陆情况未变前不宜归葬故土，终究了了一桩公案。

始终未接见章孝严承认蒋氏后代身份
· · · · · · · · · · · · · · · · · · · · · · · · · · · · · · · · · ·

蒋家后代逐渐凋零，一门六寡。作为蒋家大家长的宋美龄，依旧作为支撑蒋家形象的最后支柱，以她的蒋夫人身份，在各种事件与风波中，作为蒋家最后的发言仲裁者。例如以蒋经国与章亚若私生子身份，在台湾政坛扮演一定角色与象征的章孝严，就曾多年来屡次求见宋美龄而不得其门而入。

其实蒋经国委由王升照顾两个私生子章孝慈、章孝严的传闻，在台湾早就人尽皆知，社会一般以正面的角度看待。相较于章孝严的积极，双胞胎弟弟的章孝慈较为低调，一度前往大陆探亲，获得母亲章亚若亲友的嘱咐，希望能够认祖归宗。直到章孝慈因病意外过世后，章孝严何时能够认祖归宗，就成了台湾社会的一大热点话题。

章孝严两度求见宋美龄，宋美龄以身体欠佳为由回绝。1998年章孝严担任国民党秘书长，借着赴美参加祈祷早餐会的机会，又再度传达了希望拜见宋美龄的诚意，致赠了宋美龄一盆蝴蝶兰。虽然章孝严强调一切很单纯，不希望媒体大做文章，但宋美龄通过了办公室表示，由于她很长一段时间都没有接见客人，作息时间比较难掌握，还是推托希望下次能有较长的时间再行接见。

· · · · · · · · · · · · · · · · · · · · · · · · · · · · · · · · · · · · · · · · · · · · · · · · · · · · · ·

又不被蒋家遗族所接受，章孝严决定走自己的路。历经性绯闻事件被李登辉在"总统"大选前撤换党职下台，加上国民党败选后式微的趋势，章孝严终于在2000年8月与家人一同走向归乡路，搭乘华航班机经香港返回浙江奉化祭祖。虽然未获得宋美龄等蒋氏家族的认可，还有人发言公开反对，但是章孝严也说，祭祖是在溪口当地蒋氏宗族的认可下进行，目的是让自己心安，未来也不会改姓。他同时在去年台湾"立委"选举中，打出蒋经国之子、"一张票三世情"的号召，以蒋家代言人的身份参选，最后也终于如愿以偿，成为台湾"立法院"中新产生的"立法委员"。

永远的蒋夫人在美国，台湾政海始终难免惹尘埃

宋美龄数度回台，每次都掀起"政治尘埃"。

上：宋美龄和被宠爱的孔二小姐（左二，在谢东闵与护士中间）。

左：宋美龄最后一次回台时，需要数名医护跟随，但其仍自称自己为硬骨头，历久弥坚。

作为蒋家统治台湾数十年的图腾代表，宋美龄始终摆脱不了各种纠葛、批评、攀附、解读，国民党故臣赞美她，反对人士批判她，大家各取所需，终于成为一个诡异的台湾现象。

民进党始终以斗争蒋氏家族为手段，尤其在陈水扁于1995年取得台北市长执政权后，更把打蒋当作一种挑战威权的施政方法，除了强行拆除蒋纬国住所的违建外，开放宋美龄与蒋介石故居的士林官邸为花卉音乐公园，变成了他施政的重点项目，惟独官邸正房将留待宋美龄百年后再行开放。民进党人士并打出开放"御花园"的口号，随即在官邸内举办集体婚庆等活动，争取受惠的市民支持。另一方面民进党议员也要求将建于阳明山境内，用作国民党党史会的阳明书屋立即归还台北市政府管辖。在陈水扁想要连任台北市长却遭到国民党马英九阻遏时，民进党"立委"蔡同荣还公开质疑宋美龄有意借支持马英九，推动成立两岸和平统一促进会，在台湾建立第二政权以威胁李登辉。

但对泛蓝阵线而言，宋美龄的推荐却被解读成票房的保证。一封由宋美龄署名，支持国民党提名的连战、萧万长组合，保卫国民党生机的公开信在媒体上披露，让当时的选局顿起风波，不但亲民党立刻质疑这封信是由国民党大老秦孝仪捉刀，国民党也马上炒作"弃宋保连"的议题。虽然最后连战也没有当选，但是这封信对选举结果的影响威力到底有多大，也没有人敢轻易对此否认。身为国民党中评会主席的宋美龄，也在国民党面临失去政权、急需改造之际，由幕僚宣布完成党员重新登记工作，成为国民党终身党员，给予国民党雪中送炭的感觉。

待陈水扁就任"总统"后，以空间解严为由，在2000年9月宣布，开放士林官邸一天供人民参观，并表示已经函请过宋美龄同意开放。由于马英九的台北市政府强调应按程序办理开放作业，并质疑民进党当局违反文化资产保存法，无顾古迹的脆弱与为完成空间规划而径行宣布开放，只是满足短线操作的民粹欲望而已，甚至表示如果一意孤行，将可能把主事者移送法办。搞得台湾"总统府副秘书长"陈哲男亲自出面，痛斥马英九小格局、小气，对"现任元首"的决定不够尊重。不过台北市府最后还是强调，为维护蒋宋故居在历史上的样貌，将规划成立文化园区，将计划在今年内向大众开放，同时完成文物清点、保存、硬设备维护加强等前置作业，才让一场围绕着宋美龄的小风暴暂时停息。

民进党掌握台湾权柄后，也深切了解到宋美龄对于台湾岛内部分族群的高度象征意义，因此仿效李登辉，对宋美龄维持一定的礼节与敬意。吕秀莲多次在"妇联会"的场合，称誉宋美龄是"台湾瑰宝"，是"跨世纪的伟大女性"，她也借过境美国的机会，表达希望造访宋美龄，虽然遭到礼貌性拒绝，但吕秀莲还是送去鲜花致敬。陈水扁也多次借着过境美国的机会，要求台湾"外交"人员代为致送粉红色的蝴蝶兰到宋美龄寓所。

再看李登辉，在蒋经国逝世后，他立刻表达要在"总统府"内永久保留蒋经国的办公室以资纪念。此外，不仅宋美龄出境时均亲往送机，各时节与场合的送花致意也从未欠缺过，宋美龄在海外听闻李登辉父亲过世，也立即致函李登辉予以慰问。但宋美龄的生日场面一年不如一年热闹也是事实，固然反映了政治现实上，蒋家势力的快速衰退，也体现出李登辉在手握大权后，未必有如过往般对宋美龄执礼甚恭。蒋孝勇曾抱怨，李登辉早在 1996 年就把蒋经国的办公室搬到桃园大溪头寮的奉厝处，又违反了曾答应宋美龄暂不公布关于蒋介石大溪档案的允诺，是李登辉对宋美龄的"毁约"。

李登辉虽于 1999 年一场关于宋美龄的学术研讨会中，盛赞宋美龄是近代中国杰出的妇女领袖，尤其抗战期间的贡献尤大，成为国家的最佳代言人。

但在李登辉卸任后，在一本由日本人访问所出版的书籍《亚洲的智略》中，却披露，由于他与平常操上海话的宋美龄间有语言障碍，所以常请宋美龄将指示写成字条作为备忘，这些字条中更包括一些违法命令。李登辉更揭露，这些字条就有当初他在操作郝柏村由"参谋总长"转任"国防部长"时，宋美龄所写，台湾海峡如有紧急的事，非郝柏村不可的字条。

宋美龄于1995年7月26日在
国会山庄发表简短谈话后，抵达双
橡园旧使馆，受到侨胞热烈欢迎。
右一为蒋孝勇，左一为辜振甫夫人
严倬云女士，左二为孔令杰之子孔
德麟。

1995年7月26日，宋美龄重
返国会山庄发表简短谈话，重温其
52年前向众议院演说的盛况，98
岁的宋美龄乐不可支。

　　1997年3月，宋美龄百岁大寿，台湾政界与各界纷派代表前往致贺，而百岁的
寿星风姿柔韵，历百年仍存。

宋氏晚年：用个人经验记述历史、
创造历史，而又回避历史

· · · · · · · · · · · · · · · · · · · · · · · · · · · · · · · · · · · · · · · · · · · · · · · · ·

1997年3月20日，宋美龄在纽约曼哈顿寓所欢度百岁大寿。其时她已离开台湾近6年，对台湾的人事纷争也已慢慢淡薄，过着大隐的生活，似乎她的存在，也只成为一种象征而已。

宋美龄毕竟曾在第一线参与创造历史，她的过去就已是历史本身的一部分，因此任何关于自身经历的回顾必然有史料价值。1976年10月底，宋美龄发表"与鲍罗廷谈话的回忆"一文，记述1926年冬宋美龄与第三国际代表鲍罗廷的谈话记录。

　　由于国共合作的渊源，宋家与第三国际代表越飞、鲍罗廷等人为长年旧识。在武汉三个月的时间内，宋家兄妹与鲍罗廷有着频繁的接触。宋美龄的回忆即在记述苏联进行世界革命的高峰期，如鲍罗廷这样一位高级的布尔什维克，所展现的热情、智能与冷酷，部分描述颇为传神。宋美龄如是写着："（鲍罗廷说）我们一定会想起再一次问：在地球上如何来实现共产主义的极乐世界？我们必须纠正人性的弱点，这些弱点是：（一）易受欺骗，（二）温情主义，在错误时刻与对错误事实争论的温情主义，（三）冷漠，（四）道德上及有形的怯懦，（五）寻找刺激的并发症，（六）苦闷与不满，（七）徒劳的自我纵欲，（八）竞争性的残忍，（九）贪婪与好奇，（十）妒忌，（十一）归属感，（十二）不安与焦急，（十三）需要他人表彰其每一项成功，（十四）优柔寡断。以上是人类与生俱来的天性，在一切文明、开化及半开化的社会里，由于种种环境养成，仅进度不同而已。这些弱点，甚至存在于世界最远角落与丛林中食人和猎人头的部落……

254

　　右上：宋美龄在百岁生日时，接受台湾当局致送的寿礼，中为孔令仪。

　　右下：宋美龄在美国的日子过得安静而又平淡。偶有台湾客人来访，老人也多是听的多说的少，明显地与现在拉开了历史的距离。

"我们又察觉，人都希望认同，批评者指责他人、裁诬他人，就即刻觉得自己没有那些过失，几乎是十全十美，比别人至善至美，自况没有犯他所指摘那个人的错误。我们就利用这种人性的弱点，进而让这位批评者批评他人，再渐渐将批评指向这位批评者，慢慢或引导他走向自我批评——你可以说这是自我鞭笞的道路。这确实是一种很好的方法，来保持我党同志的正直与严密，慢慢培养干部们的谦逊，并抑制捣蛋分子。"以上都是宋美龄记述鲍罗廷 1926 年对她的谈话，说的是苏联革命过程中运用人性矛盾改造世界的深刻总结，并计划将这套哲理与技巧实践于中国的革命。观诸于后来的发展，今天读来可谓"寒天饮冰水，点滴在心头"。这是宋美龄发表的长文中少数具有史料和思辨价值者。此外，由于青少年时期在美国度过，宋美龄晚年初返美国时，忍不住抒发浓得化不开的乡愁。她的口气一如美国教会的卫道人士，对自由主义分子带来的混乱忍无可忍："我清楚记得，在第二次世界大战以前和战后数年，美国的声望和受人敬爱的程度非常地高。看到海外的每个美国人都以身为美国人为荣，令人羡慕。然而，到了 1960 年代嬉皮出现以后，嗜好大麻烟和吸毒而堕落的青年男女，由摩洛哥的马拉略施流浪到尼泊尔首都加德满都，寻求廉价的毒品，满头肮脏蓬乱的头发，表情举止像街边的野狗或乞丐……美国是我幼年时代第二个居留长久的国家，在此度过多年愉快的童年生活，爱之异常深切，所以当我经常听到她如此堕落和受责难的时候，就深感痛心。……我眼见这些事实，不禁要再度提出同样的问题，美国的伟大理想究竟变成什么样了？我少年时在美国求学所崇尚的自强、

坚毅、机敏、智谋、尚礼等美德蜕变到什么程度？"

　　这就是一般人不太清楚的宋美龄，由她发表的议论中可以清楚体现她的思想和灵魂，以及背后的生活历程。这位聪明的富家女幼年赴美读书，塑造了美国上流社会家庭的政治和道德观。事实上，她是半个美国人，不仅在于流畅无碍的英文说写，更在于美国人的直言好辩。不过，她那富人的政治思维和伦理一旦施用于中国的现实，却堕落为毫无羞耻及不知反省的掠夺行为。即使在美国，虽然她的立场如此吸引一批国会的老牌反共同伙，但时代的进步终究将他们挤到社会的小角落。至于外界常议论的宋美龄阔绰的生活，其实是无关紧要，那不过是富裕人家起码的居家状况，并不是什么罪过，任何

有本事挣钱的人都有资格吃好穿好；至于刻板地将她描写成娇气十足的女人，不过是沿袭传统上对貌美和有权力女人的性别歧视罢了。宋美龄始终是个刚烈、满腹学识的女人，或许从一位思想家的角度来看，她的原创性不足，不过那或许要求太高了。如果列出上个世纪可堪载负"第一夫人"头衔的中国女性们，毫无疑问，宋美龄仍是十分耀眼的一位。

宋美龄终会回归中国故里吗?

孔宅宋美龄卧室——人去楼空。

　　少帅张学良在美国夏威夷逝世，来不及再回白山黑水。与少帅多年来有深厚友谊，并引领他信仰基督教的宋美龄不胜感伤，这位永远的蒋夫人更加寂寞了。在日暮之年，她究竟是否会回归故里，已经成了一个各方关注的话题。

上：长岛蝗虫谷孔祥熙故居售给地产商，遗留大批物品。地产商以"蒋介石夫人旧居古董家具拍卖会"为名，于1999年1月30日在康涅狄克州诺华克（Norwalk）布拉斯威尔艺廊（Braswell Galleries）举行大拍卖，问津者颇为踊跃。图中为部分拍卖物品：前国府主席林森画像及欧式古钟。

左：1998年夏，孔家以近300万美元将长岛蝗虫谷房舍和27英亩林地售给纽约地产商。同年秋天，商人开放故宅供人参观并展示宋美龄的旧物，吸引大批华人拥往幽静的长岛乡间。

家族的陆续凋零，让长寿的宋美龄人生路走得格外辛苦。早在1970年，宋子文在美过世，原先宋美龄打算奔丧，却因为新华社发表宋庆龄也将因此赴美，在两岸因为联合国代表权外交战打得火热之际，蒋介石不许宋美龄赴美，以免造成额外的联想。1981年，宋美龄的二姐宋庆龄在上海病危时，中

拍卖现场。

共曾邀请宋美龄回到大陆，后来宋庆龄治丧委员会又发出通知，如果宋美龄
等蒋、孔、宋家族成员愿意回大陆参加丧礼，"华航"可依专机模式在北京
或上海降落，费用由治丧委员会支付，遭到宋美龄的拒绝。不过也让她遗憾
地没有见到二姐最后一面，因此掉泪。1982年，廖承志为推动国共第三次会谈，
通过新华社向蒋经国发出了公开信，希望能考量两岸开始接触谈判。没想到
宋美龄从海外发出了"致廖承志公开信"，以及随后发出的"致周恩来遗孀

古董摆设。

邓颖超的公开信"，都是强调坚守台湾的三不立场，以及三民主义原则，在政治上拒绝了中共方面相关的要求。

在两岸关系和缓之后，大陆开始对蒋介石的评价转向部分的正面，包括修缮蒋宋当年的故居。可是年过百岁的宋美龄终究没有动身起念，选择留在纽约的小天地中独居。

1991 年带着自己所有的行李物品离开台湾后，宋美龄就未曾表现过对台湾这个孤岛的依恋。这位百岁的人瑞却不再为自己染上尘埃，而是停留在她的第二故乡。

　　这位历经三个世纪的奇女子是否会在晚年重新考量自己终究该在何处，谁都不敢说，毕竟她是宋美龄，不凋的红玫瑰。

　　宋美龄在纽约的晚年，因孔令侃、孔令伟和孔令杰三个晚辈的相继辞世，不免有"杜鹃声里斜阳暮"的寂寥之感。但她虔诚信教，平日与《圣经》为伴，在漫长的人生旅途上早已能驾驭生命中的风浪与波折。她偶尔接见访客、逛逛公园、参观画廊。1997 年 3 月 20 日欢度百岁生日时，纽约宋寓热闹万分，贺礼极多。每年过生日，似乎是她最快乐的时刻。2002 年 3 月 25 日，她再过 105 岁的生日时，与她同时代的一些人如张学良都已于前一年作古，仅留下她作为一种历史的存在，代表着那个年代与过去的延续。令人遗憾的是，她始终拒绝作口述历史和撰写回忆录，对历史而言，乃是无可弥补的损失。而且，宋氏还在接受专访时表明，死后想葬在纽约，遗体也不运回台湾与大陆。由于宋氏已表明想葬在纽约，纽约上州风可利夫墓园已备好她的墓室。

　　40 年代初曾对病弱不堪的宋美龄顿生"我见犹怜"之心的罗斯福夫人早已在 1962 年以 78 岁之龄去世，而她笔下"娇小和纤弱"的"中国第一夫人"却寿比南山。宋美龄不仅走过了清代末叶、民国肇建、军阀混战和日军侵华，亦经历了两次世界大战，更见证了冷战时代的降临与消失，以及两岸敌对关系的解冻……

　　"四十年来家国，三千里地山河。"对宋美龄而言，海峡两岸的"山河"
早已不属于她；在夫死子丧孙亡党弱的变故下，"家国"亦面目全非。也正
是这个著名的女人与她的家族、亲友，数十年在中国版图上呼风唤雨，产生
破坏也有贡献，深深烙印在中国过往历史上的一页。事实上，虽然宋美龄的
一生集荣耀、财富于一身，但她始终是一个典型的悲剧人物。无论她的权力
光环褪色与否，现代中国的风云变幻，注定她的命运面临流离，台湾的变迁
与社会碎裂化，更使得这朵红玫瑰注定飘零在他乡。面对时间无情的巨轮，
再多的机变与独特见地，其实都显得颇为渺小，宋美龄如此，其他人亦复如此。
和她同时代的风云人物，全遭历史巨浪所吞噬，惟有她仍在人世的兴衰里，
以 106 岁的历史与生命，续写着自己的传奇与历史。

尾声：
睡梦中走完世纪之旅
东西方报道不同的出生年月，墓碑揭谜

2003 年 3 月，纽约春寒料峭的时节，宋美龄在病榻上度过了 106 岁的生日。感冒引发的肺炎，迫使世纪老人不得不取消寿庆、婉拒见客，这是宋美龄在漫长人生旅途上的最后一个生日。

2003 年 10 月 23 日，美国东部时间深夜 11 时 17 分，宋美龄在纽约东 84 街格莱西广场寓楼溘然长逝，安详地告别了历史舞台。宋美龄的外甥女孔令仪、外甥婿黄雄盛、曾孙蒋友常、武官宋亨霖等人，随侍在侧。

宋美龄逝世的消息传出后，即引起全球华人社会的哀悼和追思。全国政协主席贾庆林在唁电中表示：宋美龄女士是中国近现代史上有影响的知名人士，她曾致力于中国人民抗日战争，反对国家分裂。贾庆林、海协会会长汪道涵及宋庆龄基金会等大陆官方及民间团体，通过中国驻纽约领事馆官员，亲送七个花篮和七封慰问信函至宋美龄寓所，表示哀悼之忱。

然而，台湾社会紊乱政治的蓝绿激烈对抗，却影响到她的身后事。与宋美龄相处时间最多、最了解姨妈心思的孔令仪，委婉地透露宋早已在纽约市北郊哈斯贷尔（hartsdale）小镇的高仪墓园风可利夫（ferncliff），购置了一个墓室（内有六个墓柜）；因此，她的遗体将安置于风可利夫而不运至台北。这项决定使诸多人失望，他们认为她应和蒋介石长伴左右。孔令仪又说，她生前谈过，如情况许可，日后可迁回上海宋家墓园，与母亲葬在一起。

宋美龄遗体于 10 月 30 日上午自纽约最有名的 frack E.campbell 殡仪馆，移灵至风可利夫室内墓园，安居于三楼孔家墓室隔壁，和她最亲爱的大姊霭龄、大姊夫孔祥熙、外甥孔令侃、孔令杰和外甥女孔令伟（孔二小姐）为邻。

11 月 5 日在纽约东 50 街圣马托罗教堂举行追思礼拜，约 2000 人参加，美国当今政要无一到会，只有共和党议员杜尔、民主党参议员赛蒙和前纽约市长朱利安尼等美国友人参加。

风可利夫墓园距纽约市车程不到一小时，环境清幽，分室外墓园和室内墓园。美国众多影、歌星及政要皆葬于室外墓园。室内墓园乃是把遗体安放在墓柜，然后将墓柜推入墙内。许多有钱人都是以这种方式长眠风可利夫，其中占据不少中国近现代史上的名人，如孔家以及曼英夫妇；外交家顾维钧；诗人徐志摩的元配张幼仪等人。所有海外墓园没有一个像风可利夫那样聚集那么多的中国历史人物。

孔祥熙、宋霭龄及三个已故子女的墓碑（墓柜外层贴上一块浅棕色大理石板）上，只刻着英文名字与生卒年代。宋子文墓碑上亦只有英文名字，但刻有一个印章式的宋字，顾维钧、胡世泽、张幼仪等都有中文名字。宋美龄的墓碑可望在 2003 年年底或 2004 年年初方可做好，全球华人都很关心墓碑上的碑文以及她的生平。因宋美龄过世后，所有中文媒体及著作都说她生于1897 年，享年 106 岁；但英文媒体却一致报道宋美龄生于 1898 年，享年 105 岁。

宋美龄未立遗嘱，亦无遗言，也没有留下口述历史和回忆录，更无私人秘档留世。一生看遍人世苍茫的宋美龄，不著不述，乃是中国历史上的一个永远无法弥补的历史缺憾。世纪老人晚年勤于读《圣经》和英文报章（以《纽约时报》为主），却疏于为后人留记录，从一个严肃的观点来说，未免太不珍惜她所走过的时代，太不尊重她所参加创造的历史！

环顾古今中外，没有一个皇后、女元首或第一夫人像宋美龄那样长寿，那样多彩多姿，那样光芒四射。和她同时代的人，早已纷纷走入历史，而她仍在 21 世纪的长廊中，左顾右盼。她的晚年是寂寞的，她只能在纽约寓楼读《圣经》、叹晚钟，在烟落霞照中走完世纪之旅。

# 宋美龄年谱 (1897-2003)

## 公元 1897 年

3 月 23 日于上海诞生，排行第四的她是家中最小的女孩，父亲宋嘉树是卫理公会传教士，原籍海南文昌，早年曾参与革命，母亲倪桂珍出生于大夫家庭，受过中等教育；宋美龄上有姐姐霭龄、庆龄，兄子文，弟子良、子安。

## 公元 1910 年代

1907 年和宋庆龄乘邮轮赴美，因年龄太小编入卫斯理安学院非正式班学习；创办了一份名为"三个小家伙"的抄写小报。
1908 年进入美国皮得蒙学校读八年级。

## 公元 1920 年代

1911 年 10 月武昌起义；12 月 25 日，孙中山被推举为中华民国临时大总统；宋开始对政治产生兴趣。
1913 年进入马萨诸塞州韦思礼女子学院 (Wellesley College) 读一年级；并于毕业时，获该校"都兰学者"的最高荣誉。
1917 年返国定居上海，担任基督教女青会和全国电影审查委员会的职务。
1918 年父亲宋嘉树因癌症去世，年仅 52 岁；宋和母亲搬进西摩路一间比较大的房子里，埋头整理亡父的私人文件。
1920 年在孙中山上海宅邸中初遇蒋介石。
1921 年上海市参议会聘请宋参加童工委员会，这是第一次将这种职位授给女性。
1923 年在宋庆龄广州的家里结识了蒋介石；蒋介石要孙中山介绍他与宋订婚，

但遭到委婉的拒绝。

1925年孙中山逝世，宋答应了蒋介石的求婚，但遭到家人的拒绝。

1927年12月1日，与蒋介石结婚，先循基督教仪式，在宋宅由余日章博士主持成婚，次日在上海大华饭店，由蔡元培证婚。

## 公元1930年代

1930年在宋的促使下，蒋介石接受基督教洗礼。

1932年担任中国航空委员会秘会长。

1933年协助蒋介石制定"新政"。

1934年推行"新生活运动"，宣传新政内容；秋天，随蒋介石作了一个月的西北考察。

1935年在宋的周旋下，中国成了美国武器和飞机的最大进口国。

1936年宋美龄加紧扩充空军；12月12日西安事变爆发，22日亲赴西安与张学良等人交涉，25日偕蒋平安返南京。

1937年蒋介石授权宋掌握空军；宋聘请陈纳德将军整顿空军；与蒋介石同时膺选《时代周刊》的年度风云人物。10月22日赴淞沪战役前线慰劳抗日官兵，遇日机轰炸，车辆翻覆受伤。

1938年宋的《战争与和平通讯》出版；组织妇女工厂和战时学校，以"'新生活运动'促进总会妇女工作指导委员会"为全国妇运最高指导机关，在八年抗战中发挥了极大的劝募慰劳工作；担任中国对外宣传的总传播员。

## 公元1940年代

1942年11月18日，应邀赴美访问，秘密离开重庆，飞往纽约治病，访问母校韦思礼学院；暗中谋求美国援助。

1943年2月18日，应邀在美国国会两院联席会议上发表演说，呼吁美国各界支持中国抗战；3月同罗斯福总统会晤，并一起举行记者招待会；4月到加拿大演讲，呼吁美国把对欧洲的考虑转向亚洲；5月回国，陪蒋介石参加四巨头开罗会议，为蒋介石担任翻译。11月21日，被美国《时代周刊》推选为当年风云人物。

1944年离开中国前往巴西做客，转移资金，在圣保罗购买了一些财产；9月前往纽约，治疗严重神经衰弱症。

1945 年日本投降，宋返国。

1947 年向美国总统候选人杜威授予特种"吉星勋章"；对杜鲁门采取敌视态度，以阻止其竞选。

1948 年杜威竞选失败，杜鲁门当选美国总统，大量压缩援华款项；11 月，宋再次飞往华盛顿谋求美援，受到大陆情势逆转影响，杜鲁门挖苦宋"到美国来是为了再得到一些施舍"。

1949 年蒋介石辞去总统职务，夫妇俩前往溪口；4 月会见江防总司令汤恩伯，并通过青帮暗中转移黄金、白银和文物；5 月乘炮艇前往台湾。

## 公元 1950 年代

1952 年飞往华盛顿，组织"百万人委员会"，阻止中共在联合国获得席位。

1958 年蒋经国被任命为"总统内阁"的不管部长，宋一怒之下飞美，待了 14 个月。

1959 年回到台北。

## 公元 1960 年代

1965 年应邀访美，受到尼克松总统的欢迎。

1966 年在美做胆结石手术。

## 公元 1970 年代

1970 年被确诊为乳腺癌，做了两次乳房切除手术。

1972 年身体状况好转；投资 500 万美元开发新墨西哥州的天然气，为菲利浦斯石油公司的合伙人。

1973 年投资创办休斯敦石油公司及天然气公司。

1974 年组织夏延石油公司、西部石油开发公司。国民党十届五中全会被授予"中山奖章"。

1975 年 4 月 5 日，蒋介石去世，宋回台北参加葬礼；蒋经国升任国民党总裁，9 月 17 日宋飞往纽约就医、定居。

1976 年居住在美国纽约长岛蝗虫谷拉丁镇的别墅内，只有医生和保镖能自由出入别墅。大部分精力用在工商方面，还经常阅读、练字、画画。曾回台湾小住。

## 公元 1980 年代

1982 年发表《致廖承志公开信》。

1984 年发表《致周恩来遗孀邓颖超的公开信》。

1986 年 10 月 31 日，回台北参加蒋介石 100 周年冥寿，并发表《我将再起》纪念文章。

1988 年 1 月 13 日，蒋经国过世，曾对国民党推举代理主席一事表示不宜过急；7 月 8 日，国民党十三全会，通过李登辉为党主席，宋以中评会主席团主席身份发表"老干与新枝"演说，这是宋在台湾公开政治场合最后一次发表演说。

## 公元 1990 年代

1991 年 9 月 21 日，搭专机赴美国长期休养。

1994 年 9 月 10 日至 19 日，自美返台，探视外甥女孔令伟病情。

1995 年 7 月 26 日，二次世界大战结束 50 周年，接受美国参院多数党领袖杜尔及参议员赛蒙分别代表共和党及民主党的邀请，出席美国国会为其举行的盛大致敬会，以表彰其在二次世界大战期间，对中美关系所做的贡献。

1997 年欢度百岁寿诞。

1998 年 4 月 6 日，美国《时代周刊》选出 20 世纪最具影响力的 20 位领袖与革命家，介绍四对"第一伉俪"，蒋介石与宋美龄列入。

271

1999 年 9 月 21 日，台湾大地震，宋指示妇联会提拨一亿元台币赈灾，并开放华兴育幼院收容受灾孤儿。

## 公元 21 世纪

2000 年 1 月 1 日，纽约《世界日报》艺廊举办《宋美龄暨书画名家跨世纪千禧联展》，宋亲自前往赏画。3 月 14 日台湾"总统大选"选情紧绷，宋在美国发表声明支持连战。9 月 8 日国民党办理党籍重新登记，宋登记成为终身党员。

2001 年 10 月 23 日，张学良葬礼在美国夏威夷檀香山举行，宋派辜严倬云代表致祭。

2002 年 3 月 25 日，在纽约寓所欢度 105 岁生日，接见程建人夫妇等贺客。宋外甥女孔令仪透露，已在纽约上州风可利夫墓园备好室内墓地，宋美龄死后将葬在纽约，遗体不回台湾。

2003 年 3 月 14 日，程建人等到纽约寓所祝贺宋 106 岁生日，宋因感冒治疗两周甫出院，未接见访客。美国当地时间 10 月 23 日 23 时 17 分睡梦中病逝于纽约寓所。

# 历史的证据
## ——关于《世纪华人画传》丛书的缘起


"历史其实是由几个重要的人与更多的不重要的人的存在组成。当他不存在的时候，我们用什么去证明历史？"早年的哲学家达尔文的话代表了我对于历史的疑问。历史存在的方式，其实不是由它本身决定，而是由书写历史的那个人的立场与价值观决定。

通常我们所看到的历史只是在看那几个人的表演。他们存在的时候，这个世界以他们的思维运转，影响社会、民众的方向，进步的根基，甚至社稷、江山的形态与色彩。

我在看前一段时间播放的《走向共和》之时，印象深切。那个统治清朝的女人慈禧、那个智定神闲谋天下的李鸿章先生、那个窃江山为己家的袁世凯先生，那位毕生寻找中国方向的孙中山先生……他们谢幕后，历史忽然静场，显得没有力量与高潮。我们看到的只是清淡过场与另外一幕静场前的开锣声。历史被他们带走了，我们看到的不过是各取各用的记录与表达方式。

这是我遇到宋美龄女士之前与之后的真实想法。

早在我可以读懂历史的时候，宋在中国的史书中的形象就是我认识那一段历史的真实解读。一部分人告诉我，她是这样的。另外一部分人又告诉我，这个号称"民国第一夫人"的宋氏，又是那样的。以至于三年前的某天，我在香港看到她的某部分历史的展览。那是我不可以想象的一种震荡。这个女人越老越美。她的美是在沧桑之后，历史在她的身体里的积蓄的美。她在一大群的美女挂像中，脱身而出，直刺我眼目。

照片上有她向骄傲的1943年的美国"发表掷地有声之演说以及奔波于东西两岸，呼吁国际友人助华抗日，则中国军民奋力抵侮的事迹"。之后，设法听到了BBC保存几十年的她在美国时期的演讲原版录音。纯正的美式英语以及严肃的东方气质和西方谈吐，为男性政治带来了引人入胜的遐想，英国布鲁克元帅认为宋美龄利用了"SEX AND POLITICS"（性和政治），以达其目的。这些目的包括了"中国的国家利益和蒋孔宋家族利益"。

这是我看到的另外解读。

在本书之前，大陆已出版了多种关于宋美龄的传记版本。这些传记由想象和传说组成，真实的记录并没有包含在内。至少宋美龄仍活着，在本书出版时，仍然以106岁的高寿，固守着可怕的对于过往历史的沉默。偶然作画，偶尔与亲人相伴。但已远离台湾政坛，并几无关联。她身历自己的先生和儿孙故去，冷眼看着百年国民党的彻底失败，冷眼旁观"过去的事情已过去了，我不想再对以前的事情发表讲话"……

但能说话的会是什么？

我发现了这些照片。

这些照片是会说话的真实的影像。它们远比我们的描写真实，也比我们发现的历史的解读方式真实。因为照片保留着当时她的想象力与眼神，甚至当时的细节。

我用了三年时间，开始了这段历史的重新记述。我希望能找到可以佐证宋一生的历史的照片，出版一本宋氏画传，用图片记录她的一生。

寻找这些过去旧照片的过程其实是一个发现更多相关的人的开始。我认识了早期曾出版过宋美龄著作的台湾时报出版公司的编辑李濰美小姐，她帮我介绍认识了宋美龄的御用摄影师董敏先生。他提供了相当多的早期的宋女士的照片。先生在提供这些照片的时候，附加了几个要求：一是正面客观使用。二是精美制作。这个要求成为我们编撰本书时的一个基本前提，客观真实地再现传主的一生。

我们只是在反映历史，但我们拒绝评价历史，包括这个人。本书选用了林博文先生所著的《跨世纪第一夫人宋美龄》中的近4万字文字。林先生厚实的文史功底与渊博的历史知识，使这本书更具国际化眼光与华语世界观点，也是这本书得以成功的重要保证。其他文字部分则由方旭先生提供的文章中节录，由本人最后统一编写完成。而以收集旧文献照片为事业的秦风先生以及著名摄影师董敏先生、徐宗懋先生，提供了大量的独家图片。这本书事实上成为一个集体的"媒体行为"，也是更多的力量集合的结晶。但也因本书系集各方精锐力量组成，客观上使读者产生了误读，给主创者林博文先生带来了部分困扰，在此向林先生致谢致歉。机缘巧合的是，这本书竟然在宋美龄女士去世之前的20天出版，客观上也使这本书成为纪念宋女士的最后的纪念珍藏本。

发现宋美龄是一个开始。

其后，越来越多的海外朋友，给我带来了更多的关于华语世界某一部分历史的重新的观照。我发现了相当多的历史人物的不同的侧面，从照片上，从文字上，也从我们对于这部分人的认知上。

我们需要用真实的眼睛发现真实的那一部分历史。

能否提供一套全新的关于这些旧历史人物的传记，用另外的方式去让大家接近他们，并寻找到更加个性化的记录历史的方式，这成为这套丛书最初起源的一个根本的起点。我相信，在对待历史人物传主的问题上，我们渴望接触到历史的原状，并且还原他们。陌生感、新鲜以及庸俗的商业化考量，这成为本套丛书出版的直接动力。

这套丛书的整体成形与启动，来自于另外一个用歌声影响到中国人的歌星邓丽君一书的成形。凑巧，两位横跨两岸，从不同角度影响中国以及整个华语世界的女士，成为这套丛书最先的两个人。

有关邓丽君的书事实上在大陆早就有了多个版本。只是那些传说式的东西并没有得到邓家人的认可。这本书得到了邓丽君弟弟、邓丽君文教基金会的全力支持，并认为"这是惟一可以代表邓丽君的书"。这本书将在10月初，在北京、台北两地同步出版简、繁体不同版本。我们希望能在邓小姐去世8年之期，以最接近邓小姐一生的真实纪录，发起回忆邓丽君的活动。

这样两个过去与现代的女人，构成了这套丛书的最先的头阵。其后《梅兰芳画传》也成为我们选择的一个主题。

后面会是谁？

我们还在选择中。

对于过去人物的选择，永远都会体现在"文化的商业化的整体考量"之中。我们想开创一种"新传记体"，用客观的笔触与真实的图像，结构"我们发现的历史"。当然，这样的历史事实上正在成为同步发生的新闻事件。

但我们惟一秉持的立场则是"笔则笔，削则削"之史识和"不隐恶、不虚美"的史德，力图在历史的天平上界定其地位。

这是一个有点夸张的计划与理想，但至少这是一个编著这套丛书的起点。

这一计划得到了作家出版社的大力支持。热情的王宝生先生事实上成为这套丛书的推动者。我们的合作得到了完美的体现，包括在寻找这本书的设计者蒋艳女士、海洋先生的时候，我们都把这当成本书的构成要素。本套丛书的出版应当记住这些人的名字，没有他们的帮助，我们难以形成这套书，某种程度上，这是团队的集束力量。

师永刚

2003 年 7 月 7 日初稿

2005 年 1 月 6 日修订

本书在编写时，引用了秦风、方旭先生部分资料，特此鸣谢。